L'ENVERS DE LA TAPISSERIE

"Lettres anglo-américaines"

Titre original :
The Backside of Tapestry. Notes on the Art of Translation
Éditeur original :
Tinta da China

ISBN 978-2-330-21265-0

ALBERTO MANGUEL

L'Envers de la tapisserie

Propos sur l'art de la traduction

essai traduit de l'anglais (Canada)
par Émilie Fernandez

ACTES SUD

Au morisque anonyme qui acheva en un mois et demi chez Cervantès la traduction du Don Quichotte *de Cide Hamete Benengeli et qui ne fut payé que cinquante livres de raisins secs pour son travail.*

SOMMAIRE

AVANT-PROPOS

Il n'est pas de langage sans pièges.

ITALO CALVINO,
Les Villes invisibles.

Jusqu'à tard dans mon enfance, j'ignorais l'existence même de la traduction. Je fus élevé en anglais et en allemand par une nourrice tchèque ; j'appris plus tard l'espagnol, à l'âge de huit ou neuf ans. Petit, j'utilisais mes langues maternelles indifféremment, sans privilégier l'une par rapport à l'autre, et je ne les avais jamais considérées comme deux royaumes isolés, séparés par des frontières qu'il me faudrait franchir. Pour moi, le langage était une sorte de Babel conviviale composée de plusieurs ensembles de mots, différents par leur sonorité et leur poids, mais semblables dans leur signification et leur valeur. Je savais que je devais employer certains mots lorsque je m'adressais à certaines personnes (par exemple, je n'utilisais pas les mêmes pour parler à la cuisinière originaire de Munich ou à un visiteur américain), mais, ce faisant, je n'eus jamais le sentiment de transporter une pensée d'un domaine linguistique à un autre. Mon enfance était dépourvue de passeports sémantiques, d'identités nationales. Je ne compris que plus tard qu'il n'en allait pas de même pour tout le monde lorsqu'un jour, à l'école, doutant de mon niveau en espagnol, je m'adressai en anglais à mon professeur argentin qui me réprimanda vivement. J'appris de cette façon que les frontières entre les langues existaient et que je devais les respecter. Je n'y parvins jamais tout à fait. Les chroniques de Vasco Pratolini, découvertes dans les traductions espagnoles d'Attilio Dabini, l'étrange version tronquée des *Âmes mortes* de Gogol qu'Isabel Florence Hapgood a publiée en anglais sous le titre *Home Life in Russia*, le roman chinois *Le Rêve dans le pavillon rouge* dans la version allemande du Dr Franz Kuhn, tous appartenaient à la langue dans laquelle je les lisais. Conséquence de mon désintérêt pour la rigueur académique, ma bibliothèque privée fut ainsi enrichie d'ouvrages anglais, allemands (et plus tard, espagnols).

Savoir parler plusieurs langues a ses avantages : cela offre une vision plus généreuse du monde. Les neurologues nous disent que lorsqu'un enfant apprend une seconde langue avant l'âge de six ans, un espace ou un chemin se crée dans son esprit, qui lui permettra l'apprentissage d'autres langues. Cela signifie que dans l'esprit de l'enfant, le mot utilisé pour nommer l'animal qu'il voit n'est plus seulement "chien" (si l'enfant est francophone), mais un mot parmi les nombreux autres qui désignent la bête à poils. *"Hund"*, *"perro"*, *"dog"*, *"cane"* sont, pour l'enfant multilingue, les noms parfaitement équivalents de l'animal, tous interchangeables, bien que chacun requière un contexte linguistique différent, comme je l'appris à mes dépens en cette lointaine journée d'école. Nous employons un mot précis lors d'une interaction précise, et nous devons changer ce mot lorsque notre correspondant change, de même que nous passons de "bonjour" à "bonsoir" en fonction de l'heure de la journée. Le sens de la salutation est le même, seule la lumière autour des mots varie.

Après avoir compris que la traduction était possible, je me suis mis à traduire les textes que j'aimais pour les partager avec mes amis qui ne parlaient pas les langues dans lesquelles je les avais lus. En un sens, cet acte m'apportait une satisfaction personnelle car, comme chaque lecteur le sait, lorsque l'on découvre un texte qui nous passionne, on ressent l'irrépressible envie de le partager avec les autres, de se précipiter dehors, d'attraper un ami par le col et de lui crier : "Tu dois absolument lire ça !" La lecture est une activité qui commence dans l'isolement et se transforme souvent en expérience collective.

La traduction peut être (doit être) la forme la plus assidue de lecture et, plus que sur l'écriture du texte original, le traducteur doit compter sur la présence du lecteur, pour lequel est effectuée la traduction. Parce qu'il y a ce transfert de responsabilité, un traducteur ne peut pas (ou ne devrait pas) retourner au texte d'origine une fois la traduction terminée : la balle est désormais dans le camp du lecteur. Pour le lecteur d'une traduction, l'original doit cesser d'exister.

Le mythe d'Orphée est peut-être un mythe sur la traduction : Orphée, traducteur d'Eurydice morte, perd son amour traduit lorsqu'il se retourne pour voir si elle le suit vraiment. Orphée sait qu'un texte, une fois terminé par son auteur, reste dans un état d'animation suspendue jusqu'à ce qu'un lecteur le sauve du royaume des morts. Le miracle de la traduction est un acte de résurrection. Orphée aurait dû faire confiance au pouvoir magique de son art.

Ismaïl Kadaré suggère dans un de ses romans que les dieux n'avaient jamais eu l'intention de laisser Eurydice quitter le royaume des morts, mais qu'ils promirent à Orphée de la libérer après qu'il eut chanté pour eux parce qu'ils le savaient incapable de résister à la tentation de se retourner pour la voir. Eurydice n'a jamais disparu, elle n'était pas derrière Orphée, elle n'a jamais été autorisée à le suivre. Les dieux voulaient entendre la merveilleuse musique d'Orphée et ils imaginèrent cette ruse, certains du manque de foi de l'artiste. La traduction d'Eurydice était donc une trahison, un mensonge, comme l'est finalement toute traduction. L'original ne peut être sauvé d'entre les morts ; le traducteur peut simplement prétendre recréer Eurydice en la traduisant dans d'autres mots qui porteront à jamais le deuil de sa perte. Toute traduction est une élégie.

EXACT

L’art naît parce que le langage est voué à l’échec.

Balzac raconte l’histoire d’un peintre qui, obsédé par la réalisation du chef-d’œuvre parfait, retouche sans cesse sa peinture jusqu’à ce qu’il ne reste sur sa toile qu’un amas de couleurs boueuses. Contrairement aux visions “exactes” qui se forment dans notre esprit, les visions exactes dans l’exécution d’un art sont condamnées à l’imperfection. Nous rêvons de ce qui, exact en tout point, adviendra grâce à nos efforts, en forme, en couleur, en musique et en mots. Cela n’arrive jamais. Mais c’est précisément parce qu’un état d’“exactitude” ne peut jamais être atteint que l’art fait intervenir un participant secret : un spectateur, un auditeur, un lecteur.

L’art de la traduction rappelle aux lecteurs qu’il n’existe jamais de lecture “exacte”. Nous savons que tout texte littéraire existe au moment de sa création puis sombre dans une sorte d'hibernation, de bourgeonnement interrompu, jusqu'à ce qu'un lecteur arrive et le ramène à la vie, mais à une vie qui reflète l'expérience et l'interprétation propres à ce lecteur.

Balzac lu par Freud n'est pas Balzac lu par Marx.

Au sein d'une seule lecture, dans une seule langue, les mots portent déjà en eux plus de significations qu'aucun lecteur n'en pourra jamais saisir en même temps. En anglais, *fast* évoque à la fois la rapidité et la stabilité ; en français, le *ton* désigne à la fois une qualité du son et une qualité de la couleur ; en espagnol, *bala* est une balle de revolver et le bêlement du mouton. En italien, *piano* est un adverbe signifiant "doucement" et un nom désignant le plan d'un bâtiment. En japonais, le mot *sei* a au moins vingt-huit significations différentes, chacune distincte et définissable. En réalité, chaque mot, dans n'importe quelle langue, comporte non pas une mais toute une anthologie de significations.

En grec, anthologie veut dire "bouquet de fleurs".

SAINT

D'après *La Légende dorée*, saint Marc écrivit son évangile tel qu'il l'entendit de la bouche de son maître, saint Pierre, et Pierre, après avoir examiné le texte et l'avoir trouvé sans faute, l'approuva pour l'instruction de tous les chrétiens. En ce sens, l'Évangile selon Marc n'est pas une composition originale mais une traduction écrite des paroles prononcées par Pierre, qui elles-mêmes étaient une traduction de la voix du Saint-Esprit.

Toute traduction est un transport.

Au Moyen Âge, la *translatio* désignait l'acheminement des reliques d'un saint d'un endroit à un autre : la traduction comme déplacement, comme action de restituer à un signe sa nature nomade, de déraciner une chose sacrée du site où elle se trouve pour la réinstaller dans un autre territoire – la traduction comme mouvement, la traduction comme immigration. Tels des porteurs de reliques, les traducteurs dépouillent un texte de son apparence extérieure et le transplantent dans le terreau de leur propre langue. Le nouveau contexte transforme et préserve tout à la fois le texte, il lui donne une nouvelle peau : la traduction comme métaphore. “Métaphore” en grec et “traduction” en latin sont un seul et même mot.

La *translatio* des dépouilles sacrées était parfois une *furta sacra*, l’acte de voler des reliques au profit de sa propre société. C’est ainsi qu’en 828, la dépouille de saint Marc fut volée par les Égyptiens à Alexandrie et transportée à Venise sous un chargement de viande de porc, que les gardes frontaliers musulmans refusèrent de toucher. Venise s’enrichit de cette façon.

Les traducteurs, comme les voleurs, s’approprient ce qui ne leur appartient pas dans le but d’enrichir leur propre patrie linguistique.

La piraterie au nom du patriotisme.

CALME

Un traducteur perturbe-t-il un texte ?

Un texte est dans un état de tumulte perpétuel. Piégé entre les marges de la page, il est libéré par les lecteurs qui lui donnent carte blanche pour parcourir les paysages de leur imagination : ses seules limites sont celles du bon sens du lecteur. Aux yeux du traducteur, un texte peut devenir n'importe quoi : la prose peut devenir de la poésie ; les tracts politiques peuvent devenir de la fiction ; la fiction, de la théologie ; des mémoires intimes, l'histoire officielle ; l'histoire officielle, une fable. Le lecteur (ou le traducteur) transforme sans cesse le texte, accumulant les couches de peau les unes après les autres. Le traducteur remplace un état de tumulte par un autre. Le choix d'un traducteur ne peut jamais être le dernier.

Ce n'est qu'entre deux lectures que le texte peut accéder à un état de calme. Après que l'auteur a terminé sa période de rut et signé l'aboutissement par le mot *FINIS*, et avant que le traducteur ouvre le livre en un geste érotique pour stimuler les mots dans une nouvelle tempête de passion, le texte repose dans un état d'animation suspendue, paisiblement endormi dans son cercueil de verre comme la Belle au bois dormant. À l'instar du prince, le rôle du traducteur consiste à l'éveiller.

Une histoire recueillie dans l'anthologie médiévale japonaise *Konjaku monogatari shū* parle d'un homme qui, dans sa jeunesse, aperçut un objet écarlate flotter le long de la rivière. Lorsqu'il le ramassa, il vit qu'il s'agissait d'une feuille de kaki, rougie par le gel, et qu'elle contenait un poème. Frappé par la beauté des vers, le jeune homme tomba amoureux et, ne sachant comment établir une relation romantique avec un auteur inconnu, il composa une nouvelle version du poème avec les mêmes rimes et la copia sur une autre feuille de kaki qu'il fit flotter sur l'eau, laissant le courant l'emporter au loin.

Entre le tumulte amoureux qu'inspira le premier poème et celui qu'inspira la réponse, les deux feuilles flottant dans la rivière replacèrent le poème (et sa traduction) dans un état d'attente sereine.

NATURE

Au milieu du *Banquet* de Platon, Aristophane explique que les premiers humains étaient des créatures androgynes dotées de corps parfaitement sphériques, composés de quatre jambes, quatre bras, deux visages et deux paires d'organes sexuels, parfois féminins, parfois masculins, et parfois les deux. Leur force et leur arrogance étaient telles qu'ils menaçaient de monter aux cieux et d'attaquer les dieux en personne. Pour éviter cela, Zeus les coupa en deux et, depuis, chaque moitié aspire à retrouver son autre moitié sectionnée.

Comme ces premières créatures humaines, tout texte est d'abord un être unique : c'est l'œil clivant du lecteur qui le rend pluriel. Dans l'acte de la création, le texte est seul, replié sur lui-même, responsable de sa propre cohérence. Dès lors qu'il est confronté au lecteur, le texte commence à exister de l'autre côté de la page, divisée en deux : l'original d'une part et le texte lu, interprété et traduit de l'autre. Comme les créatures divisées d'Aristophane, les deux textes séparés aspirent à se réunir. Les mots écrits cherchent les mots lus : un vocabulaire convoque les choses d'une voix, l'autre vocabulaire d'une autre voix.

Dans l'histoire racontée par Platon, les premiers humains ne sont pas définis par leur sexe. Ce sont des êtres divisés dont chaque partie est obligée de se définir sexuellement par rapport à l'autre, de même que chaque langue se définit par rapport aux autres langues qui se situent au-delà des frontières de sa géographie sémantique. Au fil du temps, les langues ont pris conscience qu'elles existaient en relation avec d'autres langues, de sorte que chaque mot que nous prononçons aujourd'hui contient, explicitement ou implicitement, une cacophonie étrangère de termes prétendument équivalents, et toutes ces langues sont en compétition les unes avec les autres pour former les plus beaux mots.

Pour parler d'amour, dit Socrate à Aristophane, on ne doit pas s'attacher à la beauté des mots mais à leur vérité.

PUR

La dix-septième nuit du mois de ramadan de l'an 610, un marchand d'âge mûr, marié et heureux, se trouvait dans une grotte sur les pentes du mont Hira, près de La Mecque. Il s'était endormi, quand il entendit soudain une voix lui ordonnant de lire. Incapable de parler, le marchand resta silencieux. Une fois de plus, la voix lui ordonna : "Lis !" À nouveau, le marchand ne dit mot. Une troisième fois, la voix lui commanda : "Lis ! Au nom de ton Seigneur qui a créé l'homme d'une adhérence. Lis ! Ton Seigneur est le Très Noble, qui par la plume a enseigné à l'homme ce qu'il ne savait pas." Cette fois, incapable de résister, Mahomet lut le premier vers du Coran.

Dicté par Dieu lui-même, le Coran est l'un des attributs de Dieu, au même titre que Son omnipotence et Son omniscience. Lorsqu'il est écrit en ancien arabe, il est la représentation d'un autre Coran caché que les mystiques appellent la Mère du Livre. Parce que le Coran est pur, inimitable, il ne peut être reproduit dans aucune autre langue ni forme ; parce qu'il fut révélé à Mahomet en arabe, il ne doit être lu que dans cette langue.

Un texte pur ne peut pas exister en tant que tel dans une autre langue : il ne peut qu'être interprété ou glosé dans des versions étrangères où différentes significations sont attribuées aux mots originaux. Le saint Coran dans une autre langue que l'arabe ne peut pas être appelé le saint Coran, mais seulement "La Signification du saint Coran".

Cette pureté est souvent contestée. Les premières traductions du Coran furent produites dans le but de le réfuter. Au IXe siècle, Nicétas de Byzance, un théologien de Constantinople, rédigea une traduction en grec sous le titre *Réfutation du Coran*. Trois siècles plus tard, Robert de Ketton, à la demande de l'abbé de Cluny, fit une traduction en latin qu'il intitula *Lex Mahumet pseudoprophete* (La loi de Mahomet le faux prophète), dans laquelle il proposa une traduction volontairement erronée de certains passages pour mieux les réfuter. Lorsque l'ouvrage de Ketton fut publié au XVIe siècle, il fut préfacé par Martin Luther.

Un texte ne peut jamais être qualifié de pur lorsqu'il n'est pas dans sa langue d'origine. Et quand bien même il le serait.

NOM

D'après le livre de l'Exode, sur le mont Horeb, un ange apparut à Moïse au milieu d'un buisson ardent qui n'était pas consumé. Stupéfait, Moïse se retourna pour voir le prodige, et la voix de Dieu s'adressa à lui entre les flammes, lui intimant de retirer ses sandales parce qu'il foulait une terre sacrée. Puis Dieu lui dit que son nom était Yahweh, pour que Moïse puisse savoir avec certitude qui s'adressait à lui.

Les spécialistes ont longtemps débattu au sujet de la traduction du nom de Dieu. Certains l'ont traduit par *Celui qui est lui*, d'autres par *Moi qui suis moi*, *Je suis qui je suis*, ou même *Nous sommes qui nous sommes.* Les commentateurs du Talmud en déduisent que Dieu n'est égal qu'à Lui-même, ce qui revient à dire que Son nom est *Celui qui est tout* ou, comme Ulysse le dit au Cyclope, *Celui qui n'est personne*, puisque Dieu dans Sa totalité ne peut être une seule chose, pas même Sa totalité. Il ne fait aucun doute que dans le vocabulaire de Dieu, tout et rien sont synonymes. Pour les maîtres de la kabbale, férus d'étymologie hébraïque, Yahweh signifie *Celui qui souffle pour faire tomber les choses*, comme si Dieu était Sa propre tornade déterminée à détruire Sa propre œuvre.

De telles solutions totalisantes restent étrangement insatisfaisantes. Pour cette raison peut-être, des érudits rabbiniques ont compris que trouver une traduction exacte du nom de Dieu reviendrait à s'approcher de l'ineffable entendement de Sa nature voilée et incompréhensible. "Si je Le connaissais, je serais Lui", écrivait le philosophe du XVe siècle Joseph Albo.

Et pourtant, cette histoire comporte une note de bas de page.

Lorsque Moïse entend Dieu s'adresser à lui et lui demander d'instruire le peuple d'Israël, il plaide l'ignorance et le manque d'éloquence. "J'ai la bouche et la langue embarrassées." "Qui a fait la bouche de l'homme ? lui demande Dieu avec une certaine suffisance. Et qui rend muet ou sourd, voyant ou aveugle ? N'est-ce pas moi, l'Éternel ? Va donc, je serai avec ta bouche, et je t'enseignerai ce que tu auras à dire."

Voilà l'illumination que les traducteurs espèrent. Que le Nom qui est Tout (ou Rien) accorde à leur entendement quelque chose du sens du texte reçu, quelque chose qu'ils puissent, en vertu de leurs humbles talents, transformer en mots convaincants que nous puissions lire.

SEMENCE

La déesse Athéna avait besoin d'une arme et demanda au dieu forgeron Héphaïstos de lui en fabriquer une. Héphaïstos répondit qu'il le ferait par amour, Athéna acquiesça, et quand elle entra dans son atelier, il tenta de la violer. La déesse lui échappa, mais Héphaïstos réussit à la rattraper et, dans la lutte, il répandit son sperme sur la jambe d'Athéna. Écœurée, elle s'essuya avec de la laine qu'elle jeta au sol, fécondant ainsi accidentellement la Terre-Mère. Lorsque l'enfant naquit, la Terre-Mère le rejeta et Athéna le nomma Érichthonios, ou “laine de la terre”.

Que s'est-il passé ?

Héphaïstos l'artisan désirait faire l'amour avec la déesse de la raison, mais une telle union est impossible : la raison se situe toujours hors de portée de l'art, même si l'art s'efforce d'atteindre la raison. Athéna – protectrice des artistes et des artisans – a beau admirer les ouvrages d'Héphaïstos et les comprendre, elle n'acceptera jamais d'être entièrement possédée par l'art d'Héphaïstos. Si elle l'acceptait, elle ne serait plus Athéna, née du crâne de Zeus.

C'est dans les replis de la Terre-Mère que l'artiste est capable de créer, mais son amour n'est pas réciproque. La Terre ne reconnaît que sa propre création : elle rejette tout le reste, qui est condamné à s'effondrer, balayé par le vent et la mer. Comme le déplorait Platon, l'art n'est pas la réalité ; il n'est que l'ombre de ce qui est vrai, la trace des effusions de l'artisan, des éclaboussures indésirées.

La traduction ressemble à cette méthode de reproduction peu conventionnelle. En tâchant de reproduire le texte dans une autre langue, le traducteur fait violence à l'original, et la semence tombe sur un terrain commun. Ce rejeton, auquel on dénie une filiation légitime, doit être racheté et renommé par la raison d'Athéna.

Les traducteurs sont des donneurs de sperme. Le mot "sperme" vient du grec *sperma*, qui dérive à son tour de *speirein* : "semer", "disperser".

POLITIQUE

Nous lisons ce que nous voulons bien lire. L'art de la divination et celui de la traduction sont étroitement liés, et l'on peut faire dire à n'importe quel texte ce que le lecteur imagine ou réclame. Toute traduction est une forme d'exégèse. Toute traduction est un acte politique.

Afin de protéger les classiques des contaminations de Sodome et Gomorrhe, les traducteurs ont depuis le Moyen Âge choisi de les lire avec un œil critique. Selon le chercheur John Boswell, le bel Alcibiade, compagnon de Socrate, apparaissait parfois dans la littérature médiévale sous les traits d'une femme. Dans un manuscrit de *L'Art d'aimer* d'Ovide, la phrase qui était à l'origine "Je suis moins touché par l'amour avec les garçons" a été changée en "Je ne suis pas du tout touché par l'amour avec les garçons", et le scribe insista sur ce point dans la marge : "Ainsi, vous pouvez être sûrs qu'Ovide n'était pas un sodomite." Les sonnets d'amour homosexuels de Michel-Ange furent transformés en sonnets hétérosexuels par ses neveux, qui changèrent les pronoms amoureux. Les vers perses de Saadi subirent un changement de sexe similaire, de même que les *ghazals* de Hâfiz jusqu'au milieu du XXe siècle. La prestigieuse collection de classiques grecs Loeb traduisait jusqu'à récemment encore les passages homosexuels non pas en anglais mais en latin. Et par moments, le traducteur est obligé d'inventer afin de censurer : dans sa traduction de Suétone, Robert Graves ajouta une clause en anglais pour suggérer que la loi romaine interdisait les actes homosexuels.

Les mêmes procédés furent utilisés dans d'autres contextes pour supprimer ou modifier un sens indésirable. Sous le Troisième Reich, les noms des auteurs juifs étaient souvent supprimés ou modifiés lorsque la publication de leurs ouvrages était inévitable. Le célèbre poème de Heinrich Heine, "Die Lorelei", fut publié sous la forme d'un chant populaire anonyme afin d'éviter d'attribuer un classique de la littérature allemande à un Juif.

De tels gestes relèvent eux aussi de la politique des traductions.

ORDRE

Une traduction est, par nature, séquentielle. Une version supplante toujours une autre comme dans un palimpseste, et ne peut jamais prétendre être la dernière. Pourtant, nous tâchons de classer toutes les traductions selon un ordre commun, qualifiant les unes de littérales, les autres de versions libres, ou encore de "belles infidèles*". Mais aucune traduction ne se réduit à une seule catégorie, du moins pas pour longtemps. La traduction de l'*Odyssée* par Pope était considérée comme une expérience scandaleuse ; elle figure aujourd'hui au rang des classiques. Celles qu'a faites Ezra Pound de la poésie anglo-saxonne semblaient inventives à l'époque, elles passent aujourd'hui pour fiables. Le travail de Rilke sur les poèmes de Louise Labé était lu comme une traduction ; nous savons aujourd'hui qu'il s'agit d'originaux de Rilke, inspirés

* En français dans le texte original. *(Toutes les notes sont de la traductrice.)*

par la poétesse lyonnaise. Il semble impossible d'ordonner précisément ces traductions. "N'importe qui peut être créatif, disait Brecht. Réécrire les autres, voilà le véritable enjeu*[1]."

Traduire l'*euthymie* d'Aristote par le "bien-être", l'*arma virumque* de Virgile par "les armes et l'homme", l'*Ewig Weibliche* de Goethe par l'*"eterno femminino"*, c'est sans doute traduire correctement. Seulement l'*euthymie* désigne une sorte de joie satisfaite qui n'est pas évidente dans le terme "bien-être", *arma virumque* implique l'idée de privilèges liés au rang social et au sexe qui semblent démocratisés dans l'expression "les armes et l'homme", et Goethe ne pense pas seulement à une qualité féminine archétypale mais aussi à une hiérarchie divine.

Chaque langue se déploie différemment, et ce pour diverses raisons émotionnelles et grammaticales. Attribuer une étiquette de "bonne traduction", c'est répondre à une exigence bureaucratique et non esthétique, et les traducteurs ne sont pas des bureaucrates, à moins qu'ils aient l'intention d'échouer. Ils travaillent la plupart du temps en secret, et l'on se souvient rarement de leurs noms, quand bien même grâce à leur talent un livre a traversé les frontières de sa langue pour enrichir le patrimoine d'un autre pays.

* Les notes bibliographiques signalées par des chiffres arabes figurent en fin d'ouvrage, p. 119.

Dans une nouvelle recueillie à titre posthume, "Proofs of Holy Writ", Kipling décrit la collaboration de Shakespeare avec son ami Ben Jonson pour la traduction de la Bible de King James. "Qui saura le rôle que nous avons joué[2] ?", demande Ben Jonson après qu'ils ont tous deux traduit quelques vers d'Isaïe. "Dieu, peut-être, répond Shakespeare, s'il daigne tendre l'oreille vers la terre."

JURER

Traduire, c'est ne jurer que par le texte original. Dans les langues germaniques, l'étymologie de *"schwur"* ("prêter serment") vient du verbe "répondre". Une traduction est une réponse aux questions posées par le texte original.

Quelque part dans ses *Essais* (II, 21), Montaigne raconte l'histoire d'un paysan espagnol qui, alors qu'il était torturé pour sa complicité dans le meurtre du préteur Lucius Pison, "criait au milieu des tourments, que ses amis ne bougeassent, et l'assistassent en toute sûreté, et qu'il n'était pas en la douleur de lui arracher un mot de confession ; et n'en eut-on autre chose pour le premier jour. Le lendemain, ainsi qu'on le ramenait pour recommencer son tourment, s'ébranlant vigoureusement entre les mains de ses gardes, il alla froisser sa tête contre une paroi et s'y tua[3]".

Ce que Montaigne ne nous dit pas, c'est que le paysan avait fait valoir son droit à jurer sa déclaration non pas dans la langue latine de ses maîtres mais dans celle ibéro-celtique de ses ancêtres. Le paysan estimait que, même pour nier une accusation en ne disant pas un mot, son silence devait être écouté dans sa propre langue. Jurer devant un tribunal (même devant un tribunal informel ou injuste) exige l'absence d'intermédiaires verbaux. Pour le paysan espagnol, les dieux (ses dieux mais aussi ceux que les soldats romains avaient apportés outre-Pyrénées) n'admettraient pas l'impertinence d'une traduction.

Montaigne n'était pas convaincu des avantages de la traduction. Alors qu'il avouait son ignorance du grec et de l'hébreu, et se montrait reconnaissant de pouvoir lire les classiques grecs en français, il considérait que les diverses traductions de la Bible étaient des entreprises dangereuses, dans lesquelles le risque d'une interprétation erronée excédait largement celui de l'inaccessibilité. Dans le cas de l'écriture divine, Montaigne semblait privilégier la révérence à la compréhension.

Montaigne faisait l'éloge d'un certain érudit portugais, Osório da Fonseca, qu'il considérait comme le plus grand historien de son époque. Il ignorait que l'*opus magnum* d'Osório, *De rebus Emmanuelis regis Lusitaniae*, était une traduction quasi littérale de l'histoire du roi Manuel écrite (comme nous le rappelle Edward Wilson-Lee) par l'archiviste royal Damião de Góis, désormais oublié.

Lorsqu'elle est lue comme une réponse, la traduction a tendance à oublier la question initiale.

HISTOIRES

Des historiens du folklore ont tenté de relier l'origine de certaines légendes à des évènements réels (Gilles de Rais aurait par exemple servi d'inspiration au personnage de Barbe-Bleue, et la Bête du Gévaudan à celui du loup dans *Le Petit Chaperon rouge*), mais leur terrain d'exploration est loin d'être clairement délimité. La psychologie, en s'aventurant dans les contes de fées, parcourt des sentiers nébuleux : le vocabulaire symbolique de notre psyché (et ce "notre" trahit bien l'intuition d'une universalité) dépend des conventions de la tribu à laquelle appartient chaque individu, et nous serions bien incapables de dire si ces différentes traductions des images de la peur, de l'amour, de la famille, du courage et de la confiance découlent d'une même source insondable. Aucune lecture des contes de fées, aussi pointue soit-elle, ne peut en fournir une explication indiscutable et univoque. Rien ne semble expliquer leurs paysages fantastiques, truffés de chambres sanglantes, de forêts sombres et menaçantes. Malgré les efforts déployés pour disséquer et analyser leurs rouages, pour réduire Blanche-Neige et le Chat botté à des catégories soigneusement définies, les contes de fées s'en sortent sains et saufs, prêts à être racontés de nouveau, moins comme des traductions des paysages de la réalité que comme la réalité des paysages rêvés.

Mais pourquoi racontons-nous des contes de fées ?

Répugnant à voir les choses que nous aimons décliner et sombrer, nous avons imaginé des lieux où la beauté se fige, comme à Venise, des lieux dont le temps semble exclu, dans lesquels le *sans souci** devient le *statu quo*.

Au fil des siècles, les visiteurs sont entrés dans Venise comme on entre dans le rêve d'un autre, comme les témoins d'une chose qui semble ne pas avoir d'existence matérielle et être un emblème du temps figé. C'est peut-être cette image de la ville qui a inspiré à Basile, durant son séjour à Venise à la fin du XVIe siècle, sa version du vieux conte populaire de *La Belle au bois dormant*, qu'il a intitulée *Soleil, Lune et Thalie*. Dans l'histoire de Basile, la princesse Thalie est maudite par une fée maléfique qui la condamne à mourir dès lors qu'elle se piquera le doigt sur une écharde de lin mais, grâce au sortilège d'une bonne fée, le sommeil de mort est transformé

* En français dans l'original.

en un long sommeil paisible ; dans des versions ultérieures, la princesse se pique le doigt sur un fuseau avant d'être réveillée grâce à un baiser d'amour.

Du palais de Kapilavastu fortifié par le père de Buddha pour éviter à son fils la vision des souffrances de ce monde au cloître du prince Prospero où la Mort rouge était censée ne pas pénétrer, en passant par le monastère de Shangri-La perché dans les montagnes du Tibet, ou par la chambre du château de Frédéric Barberousse dans laquelle l'empereur est encore plongé dans un sommeil ancien, dépourvu de rêve et d'intrusion, les lieux qui essayent d'arrêter la roue du temps sont traduits sous forme d'histoires dans toutes nos littératures.

TRAHISON

Au XVIe siècle, Joachim du Bellay – rabâchant le vieux dicton italien *traduttore, traditore** – ajouta à l'ignominieux concept de trahison celui de vol. "Mais que dirai-je d'aucuns, vraiment mieux dignes d'être appelés traditeurs, que traducteurs ? vu qu'ils trahissent ceux qu'ils entreprennent exposer, les frustrant de leur gloire, et par même moyen séduisent les lecteurs ignorants, leur montrant le blanc pour le noir[4]."

Un exemple :

Lors de la conquête et du pillage du Mexique, Hernán Cortès, tout comme Du Bellay, mélangea dans ses campagnes les notions de vol, de traduction et de trahison. Fray Bartolomé de las Casas, auteur de la *Très brève relation de la destruction des Indes*, raconte qu'un jour où Cortés avait besoin de communiquer avec les chefs, on lui présenta une femme indigène qui parlait les langues de plusieurs régions. Un lieutenant

* Littéralement : "Traducteur, traître".

espagnol de Cortés avait appris la langue du Yucatán ; la femme la comprenait et parlait aussi celle de Tabasco. Afin de communiquer avec les chefs de Tabasco, Cortés transmettait son message au lieutenant qui à son tour le communiquait à l'Amérindienne, afin qu'elle le traduise dans la langue de Tabasco. La femme s'appelait Malinche, les Espagnols l'appelaient Marina. Pendant des années, la Malinche accompagna Cortés, lui servit d'interprète et de guide, après quoi il l'offrit en présent à l'un de ses officiers. Plus tard, lorsque l'officier rentra en Espagne, Cortés emmena à nouveau la Malinche vivre avec lui et ils eurent un fils que Cortés aima beaucoup et qui deviendrait un jour le gouverneur de Santiago.

Les historiens ont dépeint la Malinche de bien des façons : comme une héroïne courageuse, une infâme traîtresse, une convertie fidèle, une espionne rusée, une concubine aimante, une servante exemplaire de la couronne d'Espagne. Comme une passerelle entre les langues du Nouveau et des Anciens Mondes. Jamais tout à fait autochtone ni entièrement européenne, la Malinche est un emblème du rôle du traducteur.

Le nom de la Malinche dérive de celui du douzième mois du calendrier aztèque, associé au sud et au tissage de tiges ou de cordes. Traduction, vol, trahison : les trois s'entretissent dans la découverte de la nouvelle langue des Amériques.

UNIVERS

Malgré les restrictions du régime almohade, Al-Andalus vit apparaître, au XIIe siècle, l'une de ces figures au profil complet qui définissent l'univers intellectuel d'une époque. Abu Bakr Mohammed ben Abd-el-Malik ben Tufayl el-Qaïci, dont le nom est abrégé en Ibn Tufayl, était un médecin, théologien et philosophe qui servit à la cour du calife almohade de Marrakech. Son œuvre la plus célèbre est un roman, *Lettre de Hayy ibn Yaqdhân portant sur les secrets de la sagesse orientale*, connu en Occident sous le titre *Le Philosophe sans maître*. Le livre, une sorte de précurseur magique de *Robinson Crusoé*, raconte l'histoire d'un enfant élevé sans contact humain sur une île lointaine. Dans cette fable, Ibn Tufayl, fort des enseignements d'Al-Ghazâlî et d'Avicenne, dépeint la vision mystique soufie du monde en dialogue avec le rationalisme d'Aristote. Le livre a eu une grande influence. Il a été lu par Pic de la Mirandole, Spinoza, Leibniz, Lessing, Gracián et bien d'autres qui y ont vu à la fois une défense compatissante de la raison naturelle et la reconnaissance de l'importance de la foi.

Le protagoniste du *Philosophe sans maître* est Hayy ibn Yaqdhân, un nom explicitement emprunté à Avicenne. Hayy est né dans un monde qu'il doit déchiffrer grâce à la raison et aux sentiments, une stratégie qui l'aidera à atteindre l'éveil spirituel puis à rejeter l'échelle de la philosophie qui l'a aidé à y parvenir. À sa naissance, Hayy est allaité par une gazelle et apprend à interagir en traduisant dans sa nature humaine le monde naturel qui l'entoure : les autres animaux, les arbres et les plantes, les rochers, les étoiles. Pour Hayy, s'il est lu correctement, l'univers est un livre traduit pour sa propre compréhension, et l'île devient sa bibliothèque, un lieu d'apprentissage défini par sa curiosité et son intelligence naturelles. Une fois adulte et après avoir vécu une expérience mystique d'autoformation "par-delà les mots", Hayy rencontre un autre être humain, Absal, qui s'est reclus en ermite sur une île voisine, en quête de sagesse. Absal a entendu parler de l'île de Hayy et quitte la sienne pour le rejoindre. À l'instar de Crusoé avec Vendredi, Absal apprend à Hayy la langue des hommes et l'usage des livres, et Hayy juge son propre éveil spirituel similaire à celui qu'Absal a trouvé dans sa bibliothèque.

Les deux hommes en concluent que la philosophie, qu'elle soit étudiée dans les livres ou dans la nature, est le seul outil efficace, aussi imparfait soit-il, pour traduire l'expérience du monde en expérience mystique. La bibliothèque de livres d'Absal et la Bibliothèque de la Nature de Hayy sont toutes les deux conçues en fonction des attentes de leurs lecteurs : ce sont des bibliothèques pédagogiques, créées pour instruire et non pour rechercher. Pour apprendre, il faut savoir ce que l'on cherche : dans la quête d'éveil, il faut laisser les réponses venir à soi sans formuler de question.

Les bibliothèques de Hayy et d'Absal sont des traductions de ce qui se trouve par-delà l'expression humaine.

MAISON

Dante pensait qu'aucune traduction ne pouvait être déplacée de sa demeure d'origine, car lorsqu'un texte est composé pour la première fois, qu'il soit réussi ou non, l'œil de la Muse guide la main du poète, et la maison que le poète construit avec ses mots contient le nombre exact de portes et de fenêtres, et s'élève à la hauteur prévue par ses poutres. Dante préférait ne pas lire Homère (comme nombre de ses contemporains, il ne parlait pas le grec) plutôt que de le lire sous le toit d'une traduction, mais cela ne l'a pas empêché d'accorder à Homère une place de choix dans le noble château du premier cercle de l'Enfer, où vivent les âmes vertueuses préchrétiennes dans une sorte de résignation tranquille.

"Qu'on sache bien ceci, c'est que nulle œuvre poétique, écrite en vers, ne peut être transposée de la langue dans laquelle elle a été composée dans une autre langue, sans perdre toute sa douceur et son harmonie, écrit-il dans *Le Banquet*. Et c'est la raison pour laquelle les vers du

Psautier sont sans douceur de musique et d'harmonie ; parce qu'ils furent traduits de l'hébreu en grec et du grec en latin, et dans cette première traduction toute leur douceur s'est perdue[5]." Pour Dante, un nouveau logement construit pour le texte par un traducteur était préférable à celui dans lequel l'original était contraint de résider, souillé par des inconvenances.

Des siècles plus tard, Voltaire refusait de croire qu'un traducteur doive construire sa maison de mots en reproduisant chaque brique à l'identique de l'original. "Malheur aux faiseurs de traductions littérales, qui en traduisant chaque parole énervent le sens ! C'est bien là qu'on peut dire que la lettre tue, et que l'esprit vivifie[6]."

SUBVERSION

En 1578, Margaret Tyler publie une traduction anglaise du roman espagnol *Espejo de príncipes y cavalleros* de Diego Ortúñez de Calahorra sous le titre *Mirror of Princely Deedes and Knighthood*, et fait valoir, en tant que traductrice, le droit d'*audi alteram partem** d'un point de vue féminin. Dans sa préface, Tyler évoque la tradition de l'enlèvement et du viol dans les romans de chevalerie écrits par des hommes qui, parfois, dédiaient ces mêmes romans à leurs compagnes. En tant que lectrice et traductrice de ces romans d'amour, Tyler avance l'argument suivant : "Et si les hommes peuvent, comme ils le font, dédicacer leur ouvrage à des dames, alors ne pouvons-nous pas, nous les femmes, lire ceux de leurs ouvrages qu'ils nous dédient [...] ? Et plus encore, pourquoi ne pas les aborder par le biais de la traduction, d'autant que cette sorte

* *Audi alteram partem* est un principe de droit exprimé en latin signifiant qu'il faut entendre l'autre partie.

d'exercice est plus affaire de méticulosité que de puissance d'imagination ou de grand savoir [...] ? Il me semble quant à moi que le fait qu'une femme écrive une histoire ou qu'un homme dédie son histoire à une femme, revient strictement au même[7]."

Dans sa traduction, Tyler introduit avec intelligence de subtils éléments qui changent la signification de certaines scènes, comme, par exemple, lorsque Lady Briana pardonne à son violeur Trebatio et que, à l'instar d'Europa violée par Zeus, elle l'accepte pour époux au nom des futurs exploits chevaleresques de ses fils. Dans le texte original, l'auteur dit que Briana fit cela *"como viesse faltar remedio para lo passado"*, "tandis qu'elle ne voyait pas de remède pour ce qui était arrivé" ; mais Tyler traduit plutôt "lorsqu'elle ne vit pas de remède pour ce qui était arrivé[8]". "Tandis que" est passif ; "lorsque" attribue à Briana un rôle actif et une raison de surmonter le crime commis à son encontre. Dans la traduction de Tyler, ni la passion masculine ni l'alibi du mariage ne peuvent être interprétés comme un consentement.

Dans la suite du texte, l'affirmation féminine de son propre pouvoir est un acte subversif construit en réponse à l'acte de violence "accompli contre sa volonté", et désormais traduit, sans justifier ni pardonner l'acte du violeur, selon les propres termes de la femme ; le mythe de l'enlèvement se traduit en métaphore de la fondation.

RÉUSSIE

Des générations d'intellectuels se penchent sur un texte afin d'en produire une lecture réussie, c'est-à-dire une lecture qui s'approche le plus possible de l'illusion de l'original. Et pourtant, aucun original n'est jamais entièrement réussi. Si l'on fait abstraction des hésitations, des corrections et des erreurs auxquelles tout écrivain se résigne au moment de la publication, le texte publié n'est dans la plupart des cas que le dernier jet d'un processus de création souvent interrompu.

Les kabbalistes enseignaient qu'après le son des dernières trompettes, toutes les langues du monde se mélangeraient pour reformer la langue qu'Adam parlait avec Dieu dans le Jardin. Ce n'est qu'à cet ultime moment que le fossé entre ce que nous voulons dire et ce que nous disons, entre ce qui est exprimé dans un système de mots et ce qui est ensuite reconstruit avec hésitation dans un autre, entre ce que nous pressentons et ce que nous comprenons, entre ce qui émane de l'inspiration et ce qui devient réalisation, se refermera et que nous parviendrons alors à nous comprendre.

Dans le chapitre IX du second volume de *Sylvie et Bruno*, Lewis Carroll résume cette notion vertigineuse comme l'écriture de tous les livres possibles. "Le jour viendra, si le monde dure assez longtemps, où tous les airs possibles auront été composés [...] et, pire que tout, tous les livres écrits ! Car les mots sont en nombre fini !", écrit-il. Et il ajoute : "Au lieu de dire « *que* vais-je écrire », [les auteurs] diront « *quel livre* [vais-je écrire][9] ? »". Ou traduire.

Après cela, la littérature cessera d'exister.

Parmi les quatre érudits qui, d'après les commentaires talmudiques ultérieurs, accédèrent au Pardès (un état paradisiaque de pureté intellectuelle dans lequel ils étaient capables de comprendre le sens de la parole de Dieu), Ben Azzai mourut, Ben Zoma perdit la raison, Elisha ben Abuyah devint un hérétique et seul Rabbi Akiva sortit indemne de l'expérience.

Pour Rabbi Akiva, il n'existait pas de mot superflu dans la Torah : ce seul élément expliquait la réussite absolue de sa langue.

ÉTOILE

Tous les traducteurs suivent leur étoile.

Il existe une île au large de la Nouvelle-Guinée que les explorateurs hollandais du XVIe siècle nommèrent l'île Salamandre. Les premières chroniques rapportent que les indigènes de Salamandre étaient les plus sauvages jamais rencontrés sur terre, et qu'ils parlaient une langue remarquablement différente de toute autre. En 1859, un missionnaire d'Anvers vécut parmi eux, résolu à apporter la parole de Dieu à ce peuple abandonné. Il lui fallut de nombreux mois pour apprendre leur langue, et une fois qu'il l'eut maîtrisée, il traduit pour eux l'Épître aux Éphésiens de saint Paul, dans laquelle l'apôtre exhorte les païens à suivre le Seigneur “non pas seulement sous leurs yeux, comme pour plaire aux hommes, mais comme des serviteurs de Christ[10]”. Durant des années, cet homme s'affaira nuit et jour à traduire la sainte parole dans la langue des habitants de Salamandre. Mais la chair est faible. L'un après l'autre, les indigènes furent victimes d'une forme bénigne de la variole que le missionnaire avait contractée avant son voyage. Le jour où le missionnaire acheva ses travaux et écrivit de sa plume le dernier mot de l'Épître dans la langue étrangère, le seul indigène encore en vie se retira dans sa hutte, et n'en ressortit qu'une fois mort pour être enterré avec ses congénères, partis avant lui pour rejoindre ce qu'ils appelaient "la mer au-delà de la mer". Le missionnaire avait accompli sa traduction dans une langue que plus personne ne parlait, à part lui.

Tous les traducteurs suivent leur étoile. Et toutes les langues font de même.

BLEU

Nous voyons un bleuet et notre esprit le traduit par le mot “bleuet”, et nous confions à ce mot tout ce que nous voyons inconsciemment : la graine qui tombe dans la terre, les premières racines qui transpercent le sol, la tige qui se dresse lentement vers le soleil, les feuilles qui se déploient délicatement, le bourgeon qui éclot comme un poing s’ouvrant en une main bleue, les pistils qui exposent sans vergogne leur intimité au toucher, les étamines offrant leur pollen aux abeilles, le déclin automnal, le doux parfum de la végétation en décomposition, le cycle du renouveau qui s’annonce une fois de plus comme un emblème trop banal de notre propre vie. Voilà ce que recoupe le mot “bleuet”, pourtant nous ne voyons qu’un point bleu dans un paysage.

Le langage traduit notre expérience mais il ne se contente pas de traduire : il l’enrichit de tout ce que contient cette expérience et qui n’est pas dit. Nous voyons une chose, et le langage nomme cette chose et son environnement, ainsi que le monde qui la contient, le temps qui la précède et celui qui viendra, les nuées d'étoiles présentes depuis longtemps et dont la lumière n'atteint que maintenant cette chose que nous voyons. Le seul endroit que nous ne pouvons pas observer est le sol sur lequel nous nous tenons, et le bleuet sous notre pied. Le langage, lui, en est capable.

Bien avant que les astronautes décrivent notre monde tel qu'ils le voyaient depuis l'espace, et essayent de traduire pour nous leur expérience apparemment indescriptible, Paul Éluard avait déjà vu (ses mots avaient déjà traduit) la vision à venir. Il avait écrit :

"La Terre est bleue comme une orange."

LOI

L'écrivain écrit. Une idée, une histoire lui vient à l'esprit, comme l'image d'un jardin aperçu un après-midi par la fenêtre d'un train. Il ne s'agit que d'un instant, mais l'esprit continue à voir le jardin qui change imperceptiblement, qui devient de moins en moins net. L'écrivain tâche de mettre en mots cette vision. Rapidement, avant que le jardin ne s'évanouisse une seconde fois, ou ne soit transformé au point d'être méconnaissable, l'écrivain traduit le jardin en texte, choisissant les mots pour nommer ce qu'il ou elle a vu, apposant à la vision éphémère un terme pour chacun des éléments à la dérive. Un arbre devient "un arbre", une haie devient "une haie", une fleur devient "une fleur". Puis d'autres mots viennent aider à traduire les nuances, les formes, les contrastes. "Grand", "vert", "en bouton", "sombre", "bas", "rouge comme un rubis". Les mots eux-mêmes ne suffisent pas ; des comparaisons et des métaphores sont sollicitées pour approfondir et élargir le tableau. Au bout du compte, il y a un jardin, mais il n'a plus rien du jardin évanescent dont le souvenir a perdu en précision.

La traduction d'une image en mots fait appel à un système de création qui n'est qu'à moitié conscient. Les écrivains savent ce qu'ils font mais ne comprennent jamais véritablement le système. Certains mots sont employés pour des raisons qu'ils peuvent expliquer, d'autres pour des raisons qu'ils ignorent, auxquels cas ils inventent ces raisons. Tout *ars poetica* implique le mensonge. La vérité est que l'écrivain ne connaît jamais tout à fait le pourquoi du comment.

Traduire un groupe de mots par un autre requiert un système autrement strict, puisque la signification doit être prise en compte, et pas seulement l'apparence. Le traducteur doit consciemment démonter ce que l'auteur a construit dans un brouillard de compréhension précaire. Il faut clarifier les nuances, donner la bonne tonalité aux accentuations, défaire puis reformer les tissages subtils, avec cette fois un motif explicite. Les lois de la traduction sont plus strictes que celles de l'écriture car elles les englobent. La traduction est la cour suprême de justice. Aucun lapsus n'y est toléré.

Dans la traduction, le jardin aperçu l'après-midi pourrait bien retrouver une partie de sa clarté initiale.

HOSPITALITÉ

Les lecteurs croient que leurs bibliothèques sont remplies d'œuvres originales. Les lecteurs francophones sont convaincus que sur leurs étagères se trouvent les œuvres de Dostoïevski et de Kipling ; les lecteurs anglophones pensent posséder les livres de Proust et de Kawabata ; les lecteurs japonais se disent que les ouvrages de Racine et de Shakespeare dans leur bibliothèque sont bel et bien de Racine et de Shakespeare. Hélas, nous avons tous tort. Lorsque nous lisons les littératures d'autres langues, nous lisons le travail de traducteurs dont nous oublions souvent les noms et qui sont rarement reconnus dans les histoires officielles de la littérature.

Pourtant, les mots qui composent les livres que nous qualifions d'inoubliables sont les leurs, et non ceux de l'auteur dont le nom figure sur la couverture. Avec discrétion, modestie et application, ils invitent dans notre langue les ouvrages nés hors des murs de la ville ; ils permettent aux auteurs à qui on a refusé un visa permanent d'obtenir un permis de séjour et le droit à des commémorations nationales. Grâce à ces invitations, la Muraille de Chine de Kafka a été péniblement reconstruite dans cet empire du Milieu qu'il n'envisageait même pas de voir un jour, et le Wilkins Micawber de Dickens est accueilli en ami à son arrivée en Australie. Les invités de passage à notre table deviennent des résidents à vie, et *Il était une fois dans une contrée lointaine* devient en traduction *Ici et maintenant*.

"On m'a demandé de venir dans votre langue", dit l'écrivain traduit à son public. "On m'a donné de nouveaux habits, de nouvelles manières, de nouveaux traits et une nouvelle voix. J'ai été accueilli comme un frère ou une sœur, vous m'avez ouvert vos portes et donné une place d'honneur. Mes mots sont désormais les vôtres, et lorsque vous me citez, vous le faites selon ma nouvelle apparence. Je suis toujours moi-même mais je suis aussi un autre. Grâce à vous, j'ai obtenu une forme de modeste immortalité."

SOSIE

La traduction est-elle un double de l'original ?

Dans *L'Autre comme moi*, Saramago raconte l'histoire du professeur pompeusement nommé Tertuliano Máximo Afonso qui, un jour où il regarde une vidéo lambda recommandée par un de ses collègues, découvre qu'un des acteurs secondaires est son jumeau identique, quoique plus jeune. Tertuliano devient obsédé par l'idée de rencontrer la personne qu'il prend pour son double et, après avoir visionné une dizaine d'autres films, trouve le nom de l'acteur et se met à sa recherche. Le protagoniste et son reflet se rencontrent enfin. Les lois immuables de la nature exigeant qu'une chose ne puisse exister à deux endroits en même temps, un homme et son double ne peuvent rester tous deux en vie : l'un d'entre eux doit disparaître afin de maintenir l'ordre de l'univers. Le roman se conclut inévitablement par une mort.

Les récits de doubles sont des récits de transformation qui deviennent exemplaires en eux-mêmes, des modèles d'un ensemble transformateur qui, paradoxalement, est immuable. Ovide résume cette idée dans le chant XV des *Métamorphoses* :

> Tout se transforme, rien ne se perd ; le souffle vital vagabonde,
> Allant de-ci de-là, prend possession des corps comme il le souhaite,
> Passe de celui des bêtes dans celui des hommes ou du nôtre
> Dans celui des bêtes sans mourir à aucun moment.
> Et comme la cire malléable sur quoi l'on grave de nouvelles empreintes
> Ne reste pas telle qu'elle était, ne garde pas la même forme
> Tout en étant la même cire, il en est ainsi pour l'âme qui reste la même
> Mais qui adopte, je vous le dis, diverses apparences[11].

Témoins du changement, nous sommes ambigus. Nous regrettons la disparition des choses, la façon dont elles vieillissent et deviennent poussière, et dont un texte lu dans notre enfance se dissipe dans les brumes de notre mémoire sénescente ; dans le même temps, nous apprécions le renouveau du moindre changement, la fonte de la neige et le bourgeonnement des plantes, la traduction récente d'un classique tant aimé dont on se souvient mal. Nous trouvons les traductions perturbantes, mais nous nous réjouissons en même temps des expériences transformatives qu'elles nous procurent, page après page. Nous avons peur de voir dans le miroir un visage que nous ne reconnaîtrons pas, mais nous admirons la maturité et la sagesse qui viennent parfois avec l'expérience.

Une traduction est un sosie du texte original.

VOIX

Dans bien des cas, un original n'est même pas l'original de l'auteur. Les essais d'Aristote sont des compilations de notes prises par ses étudiants ; l'*Énéide* de Virgile aurait été, d'après la légende, complété par de dévoués éditeurs posthumes ; les pièces de Shakespeare dérivent de copies d'acteurs hésitants – et pourtant, nous supposons qu'il a existé pour chacun de ces ouvrages une première version aussi impeccable que celle qu'affichent nos écrans, véritables effaceurs du passé.

Les traducteurs s'efforcent de prêter à leur travail l'écho de la voix originale. Reconnaître le grec d'Aristote en italien, le latin d'Horace en japonais, l'anglais de Jane Austen en arabe : cet art du déguisement relève du miracle et n'est pas fréquent. La plupart du temps, comme dans le cas d'acteurs doublés dans un film étranger, les expressions et les gestes de l'original ne correspondent pas à la nouvelle voix que le traducteur lui a attribuée. La synchronisation parfaite est le but recherché par le traducteur.

Victor Hugo comprenait la relation entre la voix et la source de la voix. Dans *Les Contemplations*, il écrivit :

Une parole peut sortir du puits farouche ;
Ne la demande pas. Si l'abîme est la bouche,
Ô Dieu, qu'est-ce donc que la voix ?

BEAUX JOURS

La traduction peut être une forme de censure, de valorisation, de privation, de métamorphose. Elle peut aussi être l'instrument qui bouscule les humeurs, les intentions et les morales. Confronté à l'original, le traducteur peut choisir d'ignorer non seulement certains mots, voire certains paragraphes, mais aussi des conséquences et des dénouements. En traduction, Cordelia et Lear pourraient ne pas mourir, Don Quichotte pourrait ne pas se souvenir qu'il est Alonso Quijano, Madame Bovary pourrait échapper au suicide, et même à l'adultère.

Dans les célèbres traductions de Constance Garnett, qui ont fait connaître les grands romanciers russes au public anglais au tournant du siècle, les héros minables de Dostoïevski et les vauriens bavards de Tolstoï parlent avec la diction limpide des salons bourgeois. Dans la version de Galland des *Mille et une Nuits*, non seulement les scènes érotiques sont éliminées, mais une sorte de raffinement affecté s'immisce dans le comportement des voleurs et des voyous. La traduction de David Copperfield par Enrico Piceni en 1939 évite le parler vulgaire des personnages cockney, comme Mr Peggotty, élevant ainsi leur statut social au détriment des efforts de Dickens pour dépeindre les différences de classes.

Craignant que les enfants soient effrayés (comme il se doit) par les sombres nuits d'orage dans les forêts des contes de Grimm, le traducteur espagnol Gómez Estrada décida de laisser la lumière éclairer ces régions lugubres. Dans sa version, Blanche-Neige s'échappe dans un petit bois ensoleillé, et Hansel et Gretel se perdent dans une tonnelle printanière. Il aménagea également chez Barbe-Bleue une chambre secrète remplie de pièces d'or, et non de femmes assassinées, et transforma le meurtrier sadique en simple grippe-sou. Saluées par le clergé, ses versions se firent connaître sous le nom de "The Fair Weather Tales" (Les contes des beaux jours).

HONNÊTE

Qu'est-ce qu'une traduction "honnête" ?

Umberto Eco fit un jour remarquer que s'il devait commander une nouvelle traduction de *Pinocchio* en anglais, et que le traducteur lui livrait un texte commençant par *"Two households, both alike in dignity in fair Verona** ", il se sentirait en droit de refuser la traduction, parce qu'en tant que traduction, le nouveau texte ne serait pas honnête.

Peut-être les traductions ne sont-elles pas honnêtes, puisqu'elles doivent nécessairement cacher l'aspect original d'un texte. "Il me semble, dit Don Quichotte vers la fin de la seconde partie de ses aventures, que traduire d'une langue dans une autre, à moins que ce ne soit des reines de toutes les langues, la grecque et la latine, c'est comme quand on regarde les tapisseries de Flandre à l'envers, on voit bien les figures, mais

* "Deux familles, égales en noblesse, dans la belle Vérone."

elles sont pleines de fils qui les obscurcissent, et ne paraissent point avec l'uni et la couleur de l'endroit[12]."

"Agir dans le dos de quelqu'un" signifie être malhonnête ; le contraire est "agir à visage découvert". La plupart du temps, les traducteurs ne montrent pas leur visage.

Au XIXe siècle, lors d'une réunion avec le clergé de son diocèse, le révérend Richard Whately accusa ses frères de malhonnêteté. Brandissant une copie de la Version Autorisée de la Bible, il annonça d'une voix tonitruante : "Ceci, Messieurs, n'est *pas* la Bible !" Devant la stupéfaction pieuse de son auditoire, il ajouta résolument : "Ceci n'est qu'une *traduction* de la Bible !"

RENAISSANCE

Chaque traduction est une renaissance.

Le texte terminé meurt sur la page lorsque l'auteur écrit le dernier mot ; le point final sonne le glas, et seul le lecteur aura le pouvoir de ressusciter le texte. Le traducteur effectue sur le texte une sorte de transmigration d'âme : une fois traduit, le texte revit dans un autre corps et sous un autre soleil, encore et encore.

Cette nouvelle incarnation n'est pas toujours heureuse. *"Bless thee, Bottom! Bless thee! thou art translated** " dit le charpentier Quince au tisserand Bottom lorsqu'il porte un bonnet d'âne dans *Le Songe d'une nuit d'été*. Parfois, le texte renaît dans la peau d'un âne.

Qu'ils soient satisfaits ou non du résultat, les traducteurs confèrent au texte une apparence, sotte ou sage, que d'autres, comme Quince, peuvent reconnaître.

* "Dieu te bénisse, Bottom ! Dieu te bénisse ! Te voilà traduit." (Nous traduisons.)

Les traductrices de la Bible King James annonçaient cet objectif dans leur "Introduction au lecteur" : "Comment les hommes pourraient-ils méditer sur ce qu'ils ne comprennent pas ? Comment pourraient-ils comprendre ce qui est renfermé dans une autre langue[13] ?" demandaient ces sages-femmes érudites. "Ainsi qu'il est écrit, *Si je ne connais pas le pouvoir de la voix, je serai un barbare pour celui qui parle, et celui qui parle sera un barbare pour moi.*" Et elles continuent : "C'est la traduction qui ouvre la fenêtre pour laisser entrer la lumière, qui brise la coquille pour que nous mangions le fruit, qui écarte le rideau pour que nous admirions le lieu saint, qui soulève le couvercle du puits pour que nous puissions boire l'eau, comme Jacob fit rouler la pierre qui bâillonnait la bouche du puits afin que les troupeaux de Laban soient abreuvés."

De tels gestes naît la signification.

NAVIGATION

D'après les scientifiques, nous sommes des créatures marines qui auraient été traduites en créatures terrestres.

L'une de nos plus vieilles métaphores est celle qui présente l'acte de création comme la conquête d'une mer inconnue. "*Vela dare*", "ployer les voiles", disait Virgile dans le deuxième livre des *Géorgiques*, et il ajoute plus tard, en parlant de conclure son œuvre : "*vela trahere*", "baisser les voiles". Ce mouvement circulaire, qui commence et termine l'acte de naviguer, est essentiel dans l'idée de voyager à travers un texte. L'écriture contient implicitement sa conclusion, et son point de départ suppose un point d'arrivée. Tout récit déclare "Dans ma fin se trouve mon début" puisqu'après son arrivée, le protagoniste voyageur recommencera sa traversée en racontant ses aventures au lecteur.

Traduire, c'est retracer la route empruntée par un premier explorateur. La mer ne garde pas trace de ce voyage initial ; il n'existe pas de carte en dehors de la chronique du voyageur et, plus tard, en suivant les mots sur la page, le traducteur doit se guider en cartographiant le texte à l'aide des vagues et des étoiles. On dit que les marins polynésiens seraient capables de lire la mer en plongeant les mains dans le courant. De la même manière, les traducteurs peuvent sentir la direction qu'a voulu prendre le texte original, les tempêtes qu'il a évitées, les hauts-fonds qui se profilent à l'horizon. Le traducteur partage les risques que l'auteur a pris, mais il apprend de l'expérience de l'auteur ce qu'il faut faire et ce qu'il faut éviter, quand il est temps de hisser les voiles ou de les affaler, quand il est temps de se laisser sombrer dans les abysses insondables.

Comme le dit la célèbre citation de Conrad : "Un homme tombe dans un rêve comme on tombe à la mer. S'il veut se débattre pour en sortir, comme le font les gens sans expérience, il se noie. Non, je vous le dis, ce qu'il faut, c'est s'abandonner à l'élément destructeur, et s'arranger, à force d'efforts des mains et des pieds dans l'eau, pour que la mer profonde, profonde vous soutienne[14]."

L'islam parle de la "Mer de l'Histoire". C'est à travers cette étendue infinie que les traducteurs voyagent pour conquérir l'imprenable texte.

MONDE

Lorsque le monde était jeune, nous dit-on, tous les habitants de la Terre parlaient la même langue et employaient les mêmes mots. Parce qu'ils étaient capables de communiquer clairement les uns avec les autres, les gens se regroupèrent et développèrent ensemble d'incroyables technologies leur permettant d'accomplir des projets stupéfiants, comme la construction d'une ville surmontée d'une tour s'élevant jusqu'aux cieux.

Mais Dieu observa les bâtisseurs et se dit à Lui-même : "Voici, ils forment un seul peuple et ont tous une même langue, et c'est là ce qu'ils ont entrepris ; maintenant rien ne les empêcherait de faire tout ce qu'ils auraient projeté. Allons ! descendons, et confondons là leur langage, afin qu'ils n'entendent plus la langue, les uns des autres" (Genèse, 11, 6-7).

Après cela, Dieu dispersa les hommes aux quatre coins de la Terre, où les langues furent fragmentées, comme elles le sont encore aujourd'hui.

La langue comme vectrice d'unité ou les langues comme obstacle à la compréhension. Si Babel était le moyen pour Dieu d'entraver notre progrès, alors la traduction est le moyen (ou une partie du moyen) de restaurer notre pouvoir afin d'atteindre nos objectifs. La malédiction de Dieu consistait à diviser notre imagination, à empêcher le tissage d'une pensée commune ; la traduction recompose le langage brisé, afin que la confrontation entre les langues ne se fasse pas dans l'opposition, mais dans l'émulation mutuelle.

Au Ier siècle, Philon d'Alexandrie soulignait déjà l'importance d'attribuer une responsabilité littéraire aux auteurs, et proposait d'établir pour chacun une source commune : "Car le prophète n'annonce rien de son propre chef, mais se fait l'interprète d'un autre personnage qui lui dicte toutes les paroles qu'il articule, au moment même où l'inspiration le saisit[15]."

Babel, d'après le livre de la Genèse, est un jeu de mots avec le terme hébreu *balal*, "confondre". Notre monde est ainsi fait de mots créés dans la confusion, et il n'est pas étonnant que dans une telle division des langues, nous manquions de force pour nommer les choses dans toute leur splendeur. Mais nous nous évertuons à essayer.

FORCE

Traduire un texte, c'est le forcer à s'adapter à un type de lecture spécifique.

Un exemple :

En 1858, le poète Edward Fitzgerald envoya sa traduction de *Rubayat* d'Omar Khayam au rédacteur en chef du *Fraser's Magazine*. Un an passa et, n'ayant toujours pas de nouvelles, il réclama qu'on lui renvoie son manuscrit et il l'imprima à ses frais. Aucun exemplaire n'ayant été vendu, le petit livre se retrouva chez un bouquiniste, où les poètes Dante Gabriel Rossetti et Algernon Charles Swinburne le trouvèrent, le lurent et déclarèrent qu'il s'agissait d'un classique. Peu après, le prix du livret passa d'un penny à une guinée et ne cessa d'augmenter. Grâce à Rossetti et Swinburne, deux réputations se construisirent en parallèle : celle d'Omar Khayam et celle d'Edward Fitzgerald, et le *Rubayat* devint rapidement l'un des ouvrages les plus cités et les plus appréciés de la littérature anglaise.

Mais qui en est l'auteur ?

Omar Khayam était un poète perse du XIIe siècle qui composa une série de *rubais*, ou quatrains, sur la nature éphémère de l'être humain et les plaisirs de l'instant présent. Edward Fitzgerald était un Anglais discret qui étudiait le grec, l'espagnol et le perse, écrivait des lettres amusantes à ses amis et ne voyageait jamais à l'étranger. Les lecteurs ont associé les deux noms pour désigner l'auteur de *Rubayat*, et il est vrai que même si le poème original est de Khayam, Fitzgerald a modifié et ajouté beaucoup de choses dans sa version en anglais.

Nous acceptons qu'une cathédrale, une pièce de théâtre ou un concert soient l'œuvre de plus d'un artiste, mais nous attribuons rarement la paternité collective à un ouvrage littéraire, en particulier si les collaborateurs, travaillant sur différents continents, sont séparés par un fossé de sept siècles. Valéry suggérait de considérer toute littérature comme le travail d'un seul Auteur usant de plusieurs pseudonymes et possédant des goûts éclectiques. Dans ce cas, sous le pseudonyme Khayam-Fitzgerald, l'Auteur a composé l'une des plus grandes œuvres de littérature anglaise qui, lue dans un sens, est une illustration de la sagesse perse médiévale, et lue dans un autre, un exemple classique de l'orientalisme britannique du XIXe siècle.

Cette ambiguïté est aussi sa force.

CARTOGRAPHIE

Les érudits chinois de la dynastie Qing comparaient l'art de la traduction à celui de la cartographie, dans lequel la représentation des caractéristiques naturelles n'est pas réduite à deux dimensions et inclut de nombreux détails comme des animaux, des arbres et des personnages du quotidien. Les cartes chinoises du XIXe siècle intègrent la quatrième dimension du temps, puisque les évènements décrits sur le paysage de la carte évoluent d'un bout à l'autre du parchemin : un côté peut représenter les évènements du matin tandis que l'autre met en scène ceux de l'après-midi. Chaque carte tient compte des points cardinaux de l'empire et de l'influence du zodiaque sur tous les évènements terrestres.

Les érudits chinois ont constaté qu'une traduction comporte ces mêmes dimensions : pour chaque début il y a une fin ; pour chaque surface représentée, un volume doit également être représenté ; pour chaque espace traduit, il existe un indice de temps. “Vous pouvez traduire un mot par *Est,* disent les sages, tout en gardant à l’esprit que le lecteur pensera aussi à l’*Ouest.*” La traduction, tout comme la cartographie, doit être précise mais pas excluante.

Un chant d’une dynastie plus ancienne dit :

> L’arc-en-ciel est à l’est, personne ne daigne le pointer.
> Lorsqu’une fille prend la route, elle part loin de son père, sa mère et ses frères.
> À l’aube, un brouillard se lève à l’ouest, il pleuvra toute la matinée.
> Lorsqu’une fille prend la route, elle part loin de son père, sa mère et ses frères.

ABONDANCE

Vers le Ier siècle avant notre ère, une tribu venant du sud s'installa dans la région aujourd'hui connue sous le nom de Chiapas, au Mexique. Les membres de cette tribu portaient le nom de Tzotziles, ou peuple des Chauves-Souris, et devinrent des siècles plus tard les principaux fournisseurs de plumes de quetzal et de pierres d'ambre de la capitale de l'Empire aztèque, Tenochtitlán.

Les conquistadores espagnols réduisirent les Tzotziles en esclavage ; beaucoup durent quitter leurs maisons, d'autres devinrent vassaux des propriétaires espagnols. À trois reprises, ils tentèrent de se révolter, sans succès, et après les lois de réforme imposées par Benito Juárez en 1863, même leurs terres communales leur furent confisquées. Dans leur mythologie, le dieu terrien est un propriétaire gras et riche vivant sous terre, et quiconque utilise ses ressources, qu'il s'agisse du bois, des pierres ou de l'eau, doit le dédommager avec des offrandes cérémonielles.

D'après les Tzotziles, chaque personne possède deux âmes. L'âme intérieure réside dans le cœur et dans le sang, et se compose de treize parties dont chacune peut être perdue à la suite d'une punition infligée par les dieux ou d'un moment de grande frayeur, et seul un chamane peut restaurer cette partie par des rituels de guérison. L'âme extérieure est un esprit animal que chaque personne partage avec une bête sauvage, jaguar, écureuil ou coyote. Ces esprits animaux sont gardés par les dieux ; si l'un d'eux parvient à s'échapper, la personne à qui il appartient court un grand danger, et doit recourir à un chamane pour ramener l'esprit en captivité.

L'âme intérieure est unique, propre à chaque individu et, après la mort et la période de purification qui s'ensuit, elle se réincarne chez un nouveau-né du sexe opposé. L'âme extérieure est la traduction de la personne dans le monde matériel, incarnée par un animal. Les âmes couplées reçoivent un nom attribué par le compagnon animal : ces noms forment un lexique complexe au sein de la langue tzotzile.

En janvier 1976, le lexicographe américain Robert Laughlin se mit à genoux devant le magistrat principal du village de Zinacantán, a Chiapas, et brandit un volume qu'il avait mis quatorze ans à élaborer : son grand dictionnaire tzotzile-anglais. En offrant le dictionnaire au plus ancien des Tzotziles, Laughlin dit, dans la langue qu'il avait si minutieusement archivée :

“Si un étranger arrive et affirme que vous n’êtes que de stupides Indiens, s’il vous plaît, montrez-lui ce livre, montrez-lui les milliers de mots issus de votre savoir et de votre raisonnement.”

La traduction peut révéler notre abondance secrète.

FIDÉLITÉ

Il existe deux écoles de pensée concernant la traduction. La première (proposée en 1861 par le philosophe moraliste Francis William Newman, dans le seul but de la condamner) affirmait l'idée qu'il faudrait que "le lecteur oublie, si possible, qu'il s'agit d'une traduction, qu'il soit bercé de l'illusion de lire une œuvre originale, écrite par un auteur de langue anglaise[16]" (si la traduction est en anglais). La seconde école, vaillamment défendue par ce même Newman, affirme que le traducteur devrait "conserver, dans la mesure du possible, chaque trait particulier de l'original, et ce avec d'autant plus d'attention que ce trait semble plus étranger", afin "qu'on n'oublie jamais qu'il s'agit d'une imitation et d'une imitation dans un matériau différent". Le premier devoir d'un traducteur "est d'ordre historique ; c'est la fidélité".

Matthew Arnold était un lecteur averti, un critique avisé, un éducateur talentueux et parfois un bon poète. Il fit remarquer que les deux camps présentés par Newman seraient sans doute d'accord sur l'idée de fidélité, "mais la question qui les oppose est de savoir en quoi consiste la fidélité". Arnold nota à juste titre que, même si Newman parvenait à "conserver chaque trait particulier de l'original", qui pourrait lui assurer qu'en procédant ainsi, il aurait suivi au plus près la manière d'Homère et sa façon de penser ? Il ajouta : "Dans ce domaine ils sont les seuls juges compétents : les Grecs sont morts."

Arnold conseilla à tout traducteur en herbe de mettre de côté un certain nombre de questions – savoir si Homère a vraiment existé, s'il s'agissait d'une seule personne ou de plusieurs – car même s'il était possible d'y répondre, elles ne seraient d'aucun intérêt pour la traduction. De la même façon, le traducteur ne devrait pas supposer que la sensibilité moderne est applicable aux textes antiques : quelles qu'aient été les croyances des Anciens, nous devons supposer qu'elles étaient différentes de celles que nous avons aujourd'hui. Le traducteur d'Homère devrait être quatre choses : rapide dans sa narration, sobre et direct dans son expression, sobre et direct également dans sa pensée, et enfin, éminemment noble. Ces qualités, reconnaît Arnold, sont probablement "trop générales pour aider qui que ce soit", excepté le futur poète qui voudra s'essayer à Homère et qui, "sauf à échouer, [...] sera authentiquement pénétré de son sujet, et [...] aura cet amour désintéressé, deux choses si rares en littérature et donc si précieuses[17]".

RÉVEIL

Les auteurs écrivent (ou tâchent d'écrire) pour l'éternité ; les traducteurs, plus modestement, le font pour leur propre génération. Il existe un Proust anglais pour les edwardiens, un autre pour les vétérans de la Seconde Guerre mondiale, et un autre encore pour l'Ère de l'Électronique. Les Russes du XIXe siècle ont été tirés de leur sommeil pour intégrer l'Europe désormais unifiée, et Shakespeare pour rejoindre la Chine réveillée après Mao. Les nouveaux lecteurs ont besoin de nouvelles versions des classiques afin d'en faire leurs contemporains. Le rôle des traducteurs est de remettre la littérature à jour.

Pourtant, les traducteurs nourrissent un espoir secret. Ils ont beau traduire pour l'ici et le maintenant, en utilisant un vocabulaire taillé pour leur époque que les auteurs n'auraient pas pu connaître, les traducteurs espèrent davantage. Au cœur de chaque traduction se trouve le désir de s'adresser non seulement aux lecteurs sur cette rive du temps, mais aussi à ceux dont les jargons sont encore à inventer, de nouveaux mots qui un jour leur ouvriront les yeux sur de nouvelles significations.

Les traducteurs (consciemment ou inconsciemment) espèrent traduire pour l'avenir. Afin d'y parvenir, quelque chose d'indéfini, d'encore flou y compris pour eux-mêmes, se glisse dans la traduction, la promesse d'une signification à venir, une signification à réveiller comme un bouton de fleur encore endormi, une signification qui rêve sans cesse du lecteur à naître.

INTELLIGIBILITÉ

Dans une scène du *Faust* de Goethe, le vénérable docteur décide de traduire l'Évangile selon Jean pour voir s'il le comprend. Il dit que, pour surmonter sa frustration de "ne pas savoir", il aura recours à *das Überirdische*, "le sens mystérieux", qui ne brille jamais avec tant d'importance et de beauté, dit Faust, que dans le Nouveau Testament. Afin d'en comprendre le sens, poursuit-il, il tentera de le traduire.

Le moment central de la scène est celui où Faust tâche de saisir le sens du mot *Wort*, que Luther a traduit du grec ancien *logos*, un terme normalement traduit par "parole". Faust dit :

> Il est écrit : *Au commencement était la parole !* Ici je m'arrête déjà ! Qui me soutiendra plus loin ? Il m'est impossible d'estimer assez ce mot, *la parole* ! Il faut que je le traduise autrement, si l'esprit daigne m'éclairer. Il est écrit : *Au commencement était la volonté !* Réfléchissons bien à cette première ligne, et que la plume ne se

> hâte pas trop ! Est-ce bien la volonté qui crée et conserve tout ? Il devrait y avoir : *Au commencement était la force !* Cependant tout en écrivant ceci, quelque chose me dit que je ne dois pas m'arrêter à ce sens. L'esprit me secourt enfin ! Je suis tout à coup inspiré et j'écris consolé : *Au commencement était l'action*[18] *!*

Ces trois significations (et certainement d'autres) existent dans le terme *logos*, auquel Barbara Cassin consacre treize pages in-quarto sur deux colonnes dans son *Dictionnaire des intraduisibles*. Comment donc un traducteur, même un traducteur instruit comme le Dr Faust, peut-il réussir ? Faust fait de son mieux en proposant trois "ébauches" différentes du texte, chacune mettant l'accent sur une qualité particulière du terme, mais aucune ne renfermant les trois. Peut-être Luther était-il plus proche de la solution en choisissant *Wort* pour *logos*, évitant ainsi toute connotation ciblée et optant pour une validité plurisémantique.

Maïmonide, dans une lettre écrite en 1175 à son traducteur et disciple Samuel ibn Tibbon, recommande la stratégie suivante : "Quiconque souhaite traduire et se propose de rendre chaque mot littéralement, adhérant en même temps de façon servile à l'ordre des mots et des phrases dans l'original, va rencontrer de nombreuses difficultés ; sa restitution va être fautive et non fiable. Ce n'est pas la bonne méthode.

Le traducteur doit tout d'abord essayer de saisir le sens du sujet de façon complète, puis restituer le propos de façon parfaitement claire dans l'autre langue. Mais cela ne peut se faire sans changer l'ordre des mots, rendre plusieurs mots par un seul ou vice versa, en ajoutant ou retranchant des mots, en sorte que le sujet soit parfaitement intelligible dans la langue dans laquelle on traduit[19]."

C'est la clé que Luther (et Faust) recherche : que "le sujet soit parfaitement intelligible dans la langue dans laquelle on traduit".

CHANCE

Ce que nous appelons la chance n'est peut-être rien d'autre que notre incapacité à voir les points reliés entre eux qui constellent l'univers. L'univers ne ressent pas le besoin d'expliquer sa disposition : c'est à nous, ses lecteurs, de suivre l'histoire qui nous est proposée.

Il y a bien longtemps, j'ai décidé de traduire en anglais un court texte de Borges intitulé "La trama" (qui signifie à la fois "la toile" et "l'intrigue"). Les deux paragraphes de "La trama" sont étonnamment courts. Le premier décrit en quelques mots la mort de Jules César et se termine par son cri pathétique lorsqu'il reconnaît parmi ses meurtriers son cher Brutus : "Toi aussi, mon fils !" J'ai traduit le second paragraphe ainsi :

> Le destin apprécie les répétitions, les variations, les symétries. Dix-neuf siècles plus tard, dans le sud de la province de Buenos Aires, un gaucho est attaqué par d'autres gauchos. Dans sa chute, il reconnaît le visage d'un de ses filleuls

et lui dit, avec une pointe de reproche et de surprise dans la voix (ses mots doivent être entendus et non lus) : "*¡Pero che!*" Il meurt, et il ignore qu'il meurt pour répéter une scène[20].

"*¡Pero che!*" est intraduisible. Il s'agit d'une de ces expressions locales dont le sens non seulement dépend du ton et des gestes qui l'accompagnent, mais témoigne d'une enfance passée dans les quartiers de Buenos Aires, de conversations dans des cafés sombres et d'une nostalgie inévitable. J'ai fini par opter pour un piètre "*Come off it !*" ("Arrête donc !") qui ne rend en rien justice à l'ironie et à la mélancolie contenues dans "*¡Pero che!*".

Mais la traduction est l'art de réimaginer, dans une autre langue et à travers d'autres yeux, ce qu'un texte semble vouloir dire. La traduction exige d'un lecteur non seulement l'intelligence du texte, mais la construction d'un autre texte, différent, qui accordera à un autre lecteur cette même intelligence. Au mieux, la traduction est l'art de la compréhension.

Je me suis consolé en me disant que "*¡Pero che!*" existait en dehors du langage littéraire, qu'il ne relevait techniquement pas de l'espagnol mais presque de l'onomatopée, comme "quoi ?" ou "hein ?". J'ai pensé qu'il était injuste d'être forcé à traduire "*¡Pero che!*" en anglais, comme quand la Reine rouge demande à Alice de traduire "*Fiddle-de-dee*" en français.

Mais j'avais oublié que la traduction était aussi l'art de la chance. Quelques mois plus tard, je lisais *Une brève histoire de l'Angleterre* de G. K. Chesterton – un livre que Borges connaissait très bien. Et je tombai soudain sur ces lignes :

> On a longtemps cru que l'État britannique découvert par César avait été fondé par Brutus. Le contraste entre la simple découverte et l'extraordinaire fondation a quelque chose de résolument comique ; comme si on pouvait traduire le *"Et tu, Brute"* de César par : "Quoi, toi ici[21] ?"

En espagnol, la traduction parfaite de ces derniers mots, comme Borges le savait sans nul doute, était bien sûr tout simplement : *"¡Pero che!"*

TEMPS

Pouvons-nous lever la malédiction pesant sur Babel ? Toute parole exige la connaissance d'autrui, et de sa capacité à entendre et à saisir, à lire et à décrypter un code commun, et aucune société n'existe sans langue commune. Le mythe de Babel nous apprend que vivre ensemble nécessite d'utiliser un langage, puisque le langage est une fonction qui implique à la fois la connaissance de soi et de l'autre, la prise de conscience qu'un *je* transmet une information à un *tu* pour lui dire : "Voici qui je suis, voici comment je te vois, voici les règles et les suppositions qui nous lient à travers l'espace et le temps." Et c'est à travers la connaissance de ce *tu* qu'il sera peut-être possible un jour d'expliquer dans des histoires ce que nous voulons dire par "mortier" et ce que nous entendons par "brique". Cette noble quête, comme nous le savons, est semée d'embûches. En anglais, le verbe "être", *"to be"*, porte une double signification : exister et être à un certain endroit ; en espagnol, ces deux sens se dissocient et sont représentés par deux verbes différents. Hamlet a pu poser sa question dévastatrice parce que le prince danois parlait anglais ; dans *La vie est un songe*, Sigismond ne le peut pas, bien qu'il ressente la même angoisse existentielle. Leurs langues sont faites de matériaux différents.

L'aymara est une des langues les moins connues du monde, avec moins d'un million de locuteurs dans la région des Andes couvrant la Bolivie, le Pérou et le Chili. Les Aymaras ont une conception unique du temps : pour eux, le passé est devant et l'avenir est derrière. Ils envisagent le temps comme un mouvement qui se présente sous deux formes. C'est d'abord "un mouvement à travers un paysage", le mouvement de soi, de la première personne du singulier. Mais le temps est aussi pour eux un objet mouvant, comme des "évènements mouvants" ou une séquence d'évènements. Cette seconde conception du temps n'implique pas de locuteur individuel : pour les Aymaras, tous les évènements existent sur une ligne infinie, les plus récents se situant à l'avant de la ligne et les évènements antérieurs à l'arrière. Le locuteur aymara peut se considérer lui-même en tête de ligne, ou bien en train de se déplacer le long de la ligne. Cela implique une conception du temps en lien avec l'espace, semblable à l'idée que se font les astrophysiciens de l'espace-temps comme une seule dimension unifiée et totale.

Presque toutes les langues présentent la première personne du singulier comme se déplaçant du passé vers l'avenir, et tournant le dos au passé. Dans *Macbeth*, la phrase pleine d'espoir de Banquo "Si vous pouvez voir dans les germes du temps, / et dire quelle graine grandira et quelle ne grandira pas[22]" est l'expression d'une impossibilité, parce qu'elle implique d'affronter le passé, un geste puni par les dieux. Orphée et la femme de Lot subirent les conséquences de cette impossibilité verbale. Pour les Aymaras, le passé se profile devant nous, et l'avenir est derrière nous. Ils désignent les jours à venir par l'expression *qhipa uru*, "les jours sont derrière", car nous ne pouvons voir que le passé, ce qui s'est déjà produit ; nous ne pouvons voir l'avenir qui s'écoule éternellement d'un lieu inconnu. Les Aymaras comprennent que nous nous tenons irrémédiablement sur le lit du fleuve du temps qui, comme le fleuve d'Héraclite, n'a jamais révélé où il prend sa source et où il finit. Le concept du temps aymara a été pressenti par Miguel de Unamuno qui ne connaissait probablement pas ce peuple lointain lorsqu'il écrivait : "Nocturne, le fleuve des heures coule, depuis sa source qui est le lendemain Éternel[23]."

ADAM

Les psychologues nous disent que le cerveau humain cherche à créer du récit à partir du chaos apparent de l'univers. Confronté à un mélange d'objets, de sensations et d'évènements aléatoires – une chaise, de la chaleur, l'ouverture d'une porte –, le cerveau tente de les relier et de leur donner du sens grâce à des connexions grammaticales qui forment une histoire : "Quelqu'un entre dans la pièce et s'assoit près du feu." Pour le cerveau humain, rien ne doit rester dépourvu de lien.

Mais cela peut être fait de plusieurs façons. Le traducteur place les choses qu'il perçoit dans un ordre différent de celui du premier spectateur. C'est ce qui ressort de nos sites les plus anciens. Il n'y a qu'à voir les grottes préhistoriques renfermant ossements et outils cassés, et les sites funéraires présentant un ensemble d'objets disparates – bijoux, poteries, jouets – qui dressaient certainement un portrait du défunt aux yeux des endeuillés. À une époque lointaine de notre histoire, ces objets étaient collectés dans une intention bien précise – l'ambition, la curiosité, un sens esthétique, une recherche intellectuelle – et ils pourraient bien avoir été le premier jalon de ce qui deviendrait le récit inventé. Aujourd'hui, ces objets forment dans notre esprit une illustration de la vie sociale de nos ancêtres, qu'elle soit fidèle ou non à la réalité. Cela importe peu. L'univers est certes chaotique, mais tout ce qui le compose peut être ordonné. Dès lors, il peut être traduit.

Telle est peut-être l'intention du Dieu dans le récit de la Genèse (qui était certainement le Premier Traducteur) lorsque, d'après les commentateurs du Talmud, Il créa le monde comme une sorte d'armoire dans laquelle conserver Ses jouets. On pourrait dire que le premier cadeau de Dieu à l'humanité fut la traduction : après avoir créé Adam "de la poussière prise du sol" et l'avoir placé dans un jardin à l'est de l'Éden, Dieu lui amena toutes les créatures qu'Il avait créées et demanda à Adam de les traduire en mots, "afin que tout être vivant portât le nom que lui donnerait l'homme". Pendant des siècles, les théologiens se sont interrogés sur ce curieux échange. Adam se trouvait-il en un lieu où chaque chose possédait un nom secret, et était-il censé traduire ces noms inconnus pour chaque créature qu'il voyait ? Ou bien Dieu avait-Il en tête une langue particulière dans laquelle les bêtes et les oiseaux avaient déjà un nom, qu'Adam était censé connaître et traduire dans la langue commune d'Éden ?

Quoi qu'il en soit, il est certain que les enfants d'Adam héritèrent de la passion de la traduction et devinrent de craintives créatures se méfiant d'une langue unique. Les expériences du monde dans lequel nous vivons nous parviennent sans système reconnaissable, sans raison intelligible, avec une générosité aveugle et insouciante. Pourtant, malgré toutes les preuves du contraire, nous croyons dans la loi et l'ordre. Anxieusement, nous classons tout en dossiers, en compartiments, en sections ; fébrilement, nous distribuons, nous trions, nous étiquetons. Nous savons que cette chose que nous appelons l'univers n'a pas de début ni de fin auxquels accorder du sens, pas de but apparent, pas de méthode dans sa folie. Mais nous insistons : cela doit faire sens, cela doit signifier quelque chose. Alors nous nommons les choses dans les langues que nous parlons afin de leur attribuer cohérence et signification.

Nous refusons d'accepter l'ambiguïté inhérente à tout objet qui attire notre attention et dit, à l'instar de la voix du buisson ardent : “Je suis ce que Je suis.” “Très bien, mais tu es aussi un prunellier, *Prunus spinosa*”, répondons-nous avant de le ranger sur l'étagère.

MYTHE

Il arrive un moment dans l'histoire de notre imagination où certains fantômes du monde que nous appelons réalité gagnent une présence quasi physique dans le monde que nous appelons fiction. Ils sont silencieusement traduits : le personnage d'un livre d'histoire devient une présence réelle dans l'univers d'une fable, aussi tangible que le royaume du prêtre Jean ou l'Eldorado. Une bataille, un voyage, un gouvernement juste ou injuste peuvent traduire le protagoniste historique en matériau de légende et, après bien des récits, un brave soldat, un audacieux marin ou un puissant roi peuvent perdre leur nom de naissance pour devenir Orlando, Sinbad, Gilgamesh. Nous ne cessons d'être créatifs et, prenant un paysage plat, nous en faisons volontiers une montagne *[fare di una mosca un elefante*]*.

Alors que l'Arioste tissait la trame complexe de son poème dont la folie n'a d'égale que celle

* "Faire d'une mouche un éléphant."

de son personnage, des noms comme Tristano, Lancillotto et Artù étaient des biens communs. Les Siciliens firent de Charlemagne le héros de leurs contes racontés et répétés *ad infinitum*, conférant à l'ancien défenseur de la chrétienté l'immortalité des *Pupi* ; le reste de l'Europe tournait autour d'Arthur et de ses chevaliers dont les interminables liens de parenté rapprochaient ce vague seigneur de guerre britannique du Christ et du saint Graal, ainsi que d'une armée de romans chevaleresques. Avec la logique poétique dont il était capable, l'Arioste considérait la question de l'authenticité historique comme parfaitement futile.

> Bien que la dissimulation soit le plus souvent répréhensible, et l'indice d'un méchant esprit, il arrive cependant qu'en beaucoup de cas elle a produit d'évidents bienfaits[24].
>
> *[Quantunque il simular sia le più volte*
> *ripreso, e dia di mala mente indici,*
> *si truova pur in molte cose e molte*
> *aver fatti evidenti benefici.]*

Auguste et les papes de la Renaissance pourraient se targuer de leur identité actuelle et des liens de sang que nous leur prêtons avec Énée et Vénus en personne, justifiant ainsi les prétentions impériales de Rome. À partir de quel original nos sociétés peuvent-elles prétendre être traduites dans ce qu'elles sont aujourd'hui ? La Grande-Bretagne du Brexit peut-elle prétendre être un reflet d'Arthur et de ses chevaliers combattant les dragons de l'Europe continentale ? La France fait-elle écho à la ténacité de Jeanne d'Arc ou de Jean Valjean ? L'Espagne est-elle représentative de l'éthique du Cid ou de celle de Sancho Panza ? La Suisse est-elle à l'image de Guillaume Tell ou de Heidi ? L'Italie d'aujourd'hui est-elle une traduction politique de la détresse de Garibaldi ou de Pinocchio ?

MORT

Au cœur du processus créatif de chaque texte est inscrite l'espérance de résurrection. Ce retour à la vie est un procédé sans fin : un lecteur après l'autre ouvre le livre à la première page, et ces réveils successifs deviennent partie intégrante du texte lui-même. Nous ne lisons jamais le texte original : nous lisons l'histoire enchevêtrée de ses lectures et relectures.

Mais le texte doit d'abord mourir.

Jean-Paul Sartre raconte comment, à l'âge de cinq ans, il s'est aperçu que la Mort l'observait, le nez pressé contre sa fenêtre. Après cela, il avait rendez-vous avec la Mort chaque soir dans son lit. C'était un rituel qu'il se sentait obligé d'accomplir. Il devait dormir sur le côté gauche, face au mur, et attendre, tremblant, l'apparition de la Mort, qui prenait la forme d'un squelette tenant une faux. Ce n'est qu'après l'avoir vue que Sartre se sentait autorisé à se retourner sur le côté droit. La Mort disparaissait alors, et il pouvait s'endormir.

Chaque traducteur doit accomplir ce même rituel. Laisser la Mort apparaître dans le texte, les lettres inanimées, le dernier souffle. Alors seulement, après avoir attesté de la présence de la Mort, le traducteur a la permission de tourner la dernière page et de commencer à la première.

COPIE

Les lecteurs de traductions, lorsqu'ils sont conscients de lire des textes traduits, y voient de simples fabrications, des fausses copies, des ouvrages qui tentent de se faire passer pour vrais. Cela soulève la question essentielle de notre relation aux œuvres d'art. Notre regard n'est jamais parfait. Lorsque nous apprenons qu'un tableau est de Vermeer, nous réagissons d'une certaine manière ; si l'on nous dit que ce tableau est une copie, notre réaction sera différente. Rien n'a changé dans le tableau : ce sont les circonstances, ou notre connaissance des circonstances de création du tableau, qui ne sont plus les mêmes.

Qu'est-ce qu'une telle réaction nous révèle sur notre jugement esthétique ? Comment se peut-il que de nouvelles informations sur le contexte du tableau altèrent notre jugement sur l'œuvre elle-même qui, matériellement, ne dépend pas de notre connaissance ou de notre ignorance de ces informations ? La couleur, la forme, les proportions, l'exécution ne sont pas les seuls critères qui influencent notre jugement, ou bien, dans le cas d'un texte, le choix de certains mots, leur ordre, leur musique, la façon dont ils obéissent ou non aux règles grammaticales de la langue, leur utilisation ou non des règles de syntaxe. Si nous changeons dans un texte les mots, leur ordre, la musique, les règles grammaticales, la syntaxe, il serait légitime de juger celui-ci à travers ces nouvelles informations circonstancielles et non à l'aune de l'original, comme un ouvrage qui n'est pas une imitation ou une imposture, mais une création nouvelle, une œuvre d'art à part entière. De telles lectures ne sont pas impossibles. Arno Schmidt, par exemple, a converti les fastidieux romans du XIXe siècle de Bulwer-Lytton en textes modernes stylisés grâce à ses traductions, et Eduardo De Filippo a fait de *La Tempête* de Shakespeare une pièce napolitaine lascive. Pourquoi Daniel Defoe pourrait-il transformer la fade chronique qu'Alexander Selkirk a fait de ses mésaventures en *Robinson Crusoé*, mais Marguerite Yourcenar n'aurait quant à elle pas le droit de s'approprier une anthologie des Negro Spirituals du Sud de l'Amérique ?

Parfois, bien sûr, la procédure ne porte pas ses fruits. Au IIe siècle avant notre ère, Térence, critiquant son collègue Plaute du siècle précédent, dit de celui-ci que "par une traduction exacte, mais mal écrite, [il] a fait de bonnes pièces grecques de mauvaises pièces latines[25]". Térence fait la différence entre la traduction et l'écriture mais, dans le même temps, il sous-entend que si Plaute avait “bien écrit”, alors ses comédies, bien qu’étant des traductions, auraient été “bonnes” dans les deux domaines littéraires.

Ici, la notion de la traduction comme imposture n’est plus admissible.

ARCHÉTYPE

Platon accusait toutes les créations artistiques d'être des mensonges, de ne pas être des originaux – originaux qui, quant à eux, copiaient un ineffable archétype –, et il inventa le mythe de la caverne pour décrire notre monde, dans lequel ce que nous appelons la réalité n'est qu'une armée d'ombres projetées sur un mur. La traduction ne serait que l'ombre d'une ombre, puisque, si l'on suit la logique platonicienne, elle copie la copie littéraire de la copie de l'archétype qu'est le monde dans lequel nous vivons.

Goethe, dans l'appendice de son recueil de poèmes *Le Divan*, note qu'il existe trois types de traductions : la première est celle qui familiarise le lecteur avec ce qui lui est étranger, notamment grâce à des versions littérales comme la Bible de Luther ; la troisième recherche des "pasteurs" dans sa propre langue, en inventant parfois même des termes qui se substituent à ceux de l'original afin, dit Goethe, "de faire fructifier, dans la terre et les champs qui sont les nôtres[26]", les fruits étrangers ; la troisième est une traduction qui n'est ni exacte ni erronée, ni littérale ni fantaisiste, mais une traduction qui souhaite posséder la même qualité existentielle, pour ainsi dire, que l'original, qui n'a pas pour but de remplacer celui-ci mais d'en avoir la même valeur ou le même poids *(gelten)*. Il est curieux que Goethe, lui qui accuse le traducteur d'être un faussaire, affirme ici qu'une traduction peut être non plus une bonne ou une mauvaise copie d'un bon ou mauvais texte, mais une œuvre d'art ayant les mêmes mérites esthétiques et littéraires.

Pierre Ménard corrige Goethe. Le nouveau texte, même s'il était identique, ne pourrait pas avoir les mêmes mérites. Notre connaissance, en tant que lecteur, du contexte de création de chacune des deux versions implique que nous ne pouvons pas lire la traduction avec un regard innocent. Dès lors que l'on sait qu'un texte est traduit, notre discernement convoque de nouveaux paramètres et nous attribuons rarement au traducteur les mêmes qualités qu'à l'auteur. L'originalité de l'intrigue, la vitalité des personnages, la profondeur de réflexion sont autant de mérites que nous attribuons (ou non) à l'auteur ; la fluidité, la clarté, l'intelligibilité sont des mérites que nous attribuons (ou non) au traducteur. Goethe a beau dire que les qualités esthétiques et littéraires doivent être les mêmes dans la version originale et dans la traduction, les aspects qui nous importent dans l'une ne sont pas ceux qui nous importent dans l'autre.

Le lecteur est toujours capricieux.

CHAÎNE

Borges suggérait qu'une traduction devait être considérée comme une version de l'original écrite dans une autre langue. Elle ne serait donc qu'un maillon de plus dans la chaîne de création, ni pire ni meilleure que l'original, simplement différente. Il n'y aurait pas l'hypothèse d'une progression : le nouveau texte serait une sorte de changement de costume du texte essentiel et ineffable, qui se construirait sur des couches de révisions et d'altération du sens. Cette conception nous permettrait de réunir tous les arts, de relier l'écriture à la peinture, la peinture à la musique, la musique au théâtre. L'interprétation que fait Stephen Sondheim du tableau *La Grande Jatte* de Seurat, la comédie musicale *West Side Story* de Leonard Bernstein comme relecture de *Roméo et Juliette*, le résumé ironique de *La Divine Comédie* de Dante par Beckett, les commentaires musicaux de Moussorgski sur les tableaux de Viktor Hartmann, les illustrations du *Roland furieux* par Doré, les traductions que fait Marianne Moore de La Fontaine, la version romancée de la musique d'Arnold Schoenberg par Thomas Mann, sont autant d'exemples de cette définition élargie de l'acte de traduction.

Adolfo Bioy Casares mentionna un jour une interminable chaîne constituée d'œuvres d'art et de leurs commentaires, qui commençait par un poème du XVe siècle du poète espagnol Jorge Manrique. Il suggéra qu'on érige une statue à l'effigie du compositeur d'une symphonie basée sur la pièce inspirée du portrait du traducteur des *Stances sur la mort de son père* de Manrique. Toute œuvre d'art se développe grâce à ces innombrables couches de lectures, et chaque lecteur effeuille ses couches jusqu'à atteindre l'œuvre selon ses propres termes, afin d'en déchiffrer la "valeur". Dans cette dernière lecture, nous sommes seuls.

PORTRAIT

La photographie est l'art de la définition. Que le photographe soit objectif ou fantasque, mesuré ou injuste, distant ou biaisé, expérimenté ou amateur, l'œil de l'appareil photo détermine l'expérience d'une certaine réalité qui *devient* pour le spectateur cette réalité, tout comme nos histoires *deviennent* ce que l'on appelle l'Histoire. Malgré tout le scepticisme informé dont nous sommes capables, cela ne suffit pas à dissiper le sentiment de conviction procuré par une photographie. Notre esprit sait qu'il y a d'autres façons de voir, d'autres aspects de cette réalité, d'autres attitudes et poses. Et pourtant l'esprit pense : "Si l'appareil l'a vu, alors ce doit être vrai." L'image photographique a toujours l'air définitive.

Il en est certainement de même pour la traduction. L'original est interprété comme étant la vérité : la traduction (comme la photographie) est le témoin de cette vérité. Nous autres humains sommes persuadés que nous possédons un visage unique, singulier : la photographie nous donne tort. Tout au long de notre vie, de la prime enfance jusqu'à ce dernier visage que nous ne verrons jamais, une myriade de visages uniques sont capturés par l'appareil photo, créant un visage multiple en constante mutation, qui ne peut jamais être réduit à un visage que nous appelons le nôtre. Qui sont ces gens ? demandons-nous en feuilletant un album de nos propres portraits. Comment ces différents traits, couleurs de peau, apparences et gestes peuvent-ils appartenir à cette personne unique que nous appelons "je" ? La célèbre phrase de Rimbaud n'a jamais été aussi vraie que dans le cas de nos portraits. Le "je" photographié est toujours un autre. Tout comme le "je" traduit.

Mais pas *n'importe quel* autre. Face au lecteur qui tient un livre, l'objectif du photographe (et la plume du traducteur) observe et choisit. Le modèle peut être le même, encore et toujours, alternant les positions et les attitudes en fonction des humeurs et des saisons, et le livre peut être toujours différent, mais l'œil du traducteur (ou l'appareil photo) capture un instant particulier, une langue distincte, un "je" sélectionné chez ce sujet pluriel. Il se peut que, grâce à la perspicacité et au talent du traducteur (ou photographe), en voyant le livre de notre choix traduit en noir et blanc, nous atteignions un tel stade d'acceptation ou de reconnaissance du texte que nous pouvons le déclarer nôtre. Mais derrière chaque portrait choisi ou officiel se cachent une foule d'autres qui crient au spectateur "Choisis-moi ! Ne m'oublie pas ! Moi aussi, j'existe ! Moi aussi je suis un « je » !".

Les portraits, nous dit-on, sont des miroirs, et les miroirs, comme nous le savons, mentent toujours. Les traductions sont (ou peuvent être) des miroirs reflétant ce que nous voulons ou craignons de voir reflété. Au fil des époques, dans les contes de fées, les légendes et les fables moralistes, les miroirs ont été la source de désirs secrets, de fautes cachées et de visions futures, révélant des choses sur nous-mêmes. Les Juifs recouvrent les miroirs durant les périodes de deuil afin de ne pas être préoccupés par leur aspect en plein chagrin. Les chrétiens ont longtemps considéré les miroirs comme un emblème de notre péché de vanité, et l'iconographie médiévale regorge de démons tenant des miroirs face à la beauté afin qu'elle voie que derrière la rose se trouve le ver qui ne meurt pas. Dans l'islam, ils sont des symboles de la connaissance de soi et, sous le nom de *mir'ât hindiya* ("miroirs indiens"), le folklore populaire islamique attribue au verre réfléchissant une force dangereuse et obscure, parce qu'il révélerait les rouages internes de l'âme. Le grand philosophe Hâmid al-Ghazâlî a renversé cette vision, envisageant nos âmes comme des miroirs rouillés incapables de refléter la splendeur du Créateur autrement que (comme l'apôtre Paul l'a dit) "d'une manière obscure". Il en va de même pour les traductions.

Jusqu'à quel point une traduction peut-elle altérer le portrait original ?

En travaillant avec Bioy Casares sur le *Libro del cielo y del infierno* (Le livre du ciel et des enfers), Borges trouva un court texte issu du *Dictionnaire de l'islam* (1886) de Thomas P. Hughes à propos d'un Arabe qui rencontre le Prophète et lui demande s'il y a des chevaux au paradis car il les apprécie. Le Prophète répond qu'il existe effectivement au paradis des chevaux qui ont des ailes et peuvent nous amener où on le désire. Le texte de Hughes s'arrête là. Borges et Bioy traduisirent l'entrée et inventèrent la conclusion : "L'homme répondit : les chevaux que j'aime n'ont pas d'ailes."

OMBRE

Les aventures de Peter Schlemihl écrites par Chamisso se terminent plus ou moins abruptement au milieu du livre, après un début passionnant où le héros rencontre bien des problèmes : après avoir échangé son ombre contre une bourse qui produira sans cesse des pièces d'or, il subit, parce qu'il n'a pas d'ombre, la peur et le mépris de ses semblables, et la femme qu'il aime le quitte pour un servant, le bien nommé Rascal (qui lui dit : "D'un homme sans ombre je n'accepte rien[27]"). Peter Schlemihl finit par refuser de vendre son âme pour récupérer son ombre.

La traduction est l'ombre du texte original. Carl Gustav Jung, dans *Aïon*, dit ceci : "Personne ne peut devenir conscient de l'ombre sans déployer un effort moral considérable[28]." Chamisso pourrait répondre à cela avec les premiers mots que l'homme en gris adresse à Peter Schlemihl : "J'ai plusieurs fois [...] réellement contemplé avec une indicible admiration l'ombre si belle, si belle que vous projetez au soleil, avec une sorte de noble dédain, sans y faire attention[29]."

D'après Chamisso, une ombre peut être échangée contre de l'or, comme dans le premier marché que propose le diable, ou contre une âme, comme dans le second, refusé par Peter Schlemihl. Cela laisse au lecteur l'impression que l'ombre est à la fois le contraire et l'équivalent de l'or, et le contraire et l'équivalent d'une âme. Dès lors, la traduction (en tant qu'ombre) est une qualité humaine qui se situe entre nos besoins les plus primaires et nos dons les plus nobles.

Une bonne traduction est peut-être un miracle qui restitue son ombre à l'original. Comme le dit Tourgueniev : "Quel que soit le but de la prière d'un homme, il demande un miracle. Chaque prière se résume en ceci : « Grand Dieu, faites que deux fois deux ne fassent pas quatre. »"

MODESTIE

Les traducteurs doivent être les meilleurs lecteurs.

Ezra Pound a loué la traduction des *Métamorphoses* d'Ovide par Arthur Golding comme étant une des œuvres poétiques les plus accomplies de la littérature anglaise, et la traduction que Cortázar a faite des nouvelles de Poe peut être incluse sans conteste dans l'édition des œuvres complètes de Cortázar. Golding et Cortázar ne se contentent pas de traduire au sens médiéval déjà évoqué de *translatio*, mais traduisent au sens de *revelatio* proposé par saint Jérome : l'art de faire connaître des mots à un lecteur dans une autre langue, sans sacrifier leur mystère. Voilà pourquoi saint Jérôme rejette la version grecque de la Bible écrite par Aquila de Sinope, "un traducteur méticuleux qui a traduit non seulement les mots mais aussi les étymologies", selon Jérôme. Pour saint Jérôme, l'intégralité sémantique d'un texte ne peut pas être traduite, et elle ne devrait pas l'être. Seules les traductions médiocres révèlent tout ou presque tout du texte original, chaque séquence de mots, chaque virgule, chaque mot, chaque coquille ; les bonnes traductions ne le font pas.

Les chefs-d'œuvre sont par nature mystérieux, ils n'expliquent pas tout ni ne rendent compte de leur objectif, et si nous continuons à les lire, c'est parce qu'il y reste toujours des choses à découvrir. Ces zones d'ombre doivent aussi exister dans les bonnes traductions. Il est vrai qu'un traducteur qui connaît son métier en sait davantage sur l'œuvre qu'il traduit que l'auteur lui-même ; cependant, sa mission n'est pas d'exposer à la lumière ces mécanismes secrets, mais de les traiter comme tels, en mettant des mots sur ce qu'ils semblent dire tout en préservant implicitement ce qu'il y a d'ineffable en eux.

Telle est peut-être la principale différence entre les bonnes et les mauvaises traductions : les mauvaises traductions dévoilent tout et semblent ainsi fallacieuses ; les bonnes traductions sont plus réservées et comptent sur l'intuition créative du lecteur pour lire entre les lignes.

Le lecteur est assis des deux côtés de la page.

NOTES BIBLIOGRAPHIQUES

1. Nous traduisons.

2. Nous traduisons cette réplique et la suivante.

3. Michel de Montaigne, *Les Essais*, mis en français moderne par Claude Pinganaud, éditions Arléa, Paris, 2002.

4. Joachim du Bellay, *La Défense et illustration de la langue française*, Arnoul l'Angelier, Paris, 1549.

5. Platon, *Le Banquet*, traduction de Bernard de Watteville, Librairie Kundig, Genève, 1929.

6. Voltaire, "Sur la tragédie", *Lettres philosophiques*, Garnier, Paris, 1879.

7. Préface de Margaret Tyler à l'ouvrage *Mirror of Princely Deedes and Knighthood* (traduction anglaise de l'ouvrage espagnol de Diego Ortuñez), traduction de Sophie Chiari, Université Clermont-Auvergne, 2017. Accessible sur https://ttt.hypotheses.org/127.

8. Nous traduisons ici la version anglaise de Tyler.

9. Lewis Carroll, *Sylvie et Bruno*, traduction de Fanny Deleuze, Robert Laffont, Paris, 1989.

10. Éphésiens, 6, 6. Toutes les citations bibliques proviennent de la Bible Louis Segond.

11. Ovide, *Les Métamorphoses*, traduction de Danièle Robert, Actes Sud, Babel n° 1573, 2018.

12. Miguel de Cervantès, *L'Ingénieux Hidalgo Don Quichotte de la Manche*, traduction de Louis Viardot, Librairie Hachette et Cie, Paris, 1869.

13. Nous traduisons.

14. Joseph Conrad, *Lord Jim*, traduction de Philippe Neel, Gallimard, 1924.

15. Nous traduisons.

16. Matthew Arnold, "On Translating Homer: Three Lectures Given at Oxford", traduction d'Isabelle Genin, Sorbonne Nouvelle-Paris 3. Accessible sur : https://ttt.hypotheses.org/42.

17. Matthew Arnold, "On Translating Homer: Three Lectures Given at Oxford", traduction de Bénédicte Coste, Presses universitaires de Caen. Accessible sur : https://books.openedition.org/puc/27386?lang=fr.

18. Johann Wolfgang von Goethe, *Faust*, traduction de Gérard de Nerval, Dondey-Dupré, Paris, 1828.

19. Traduction de H. Adler, in "Translation of an Epistle Addressed by R. Moses Maimonides to R. Samuel ibn Tibbon", in *Miscellany of Hebrew Literature*, N. Trübner and Co, Londres, 1872.

20. Nous traduisons.

21. Nous traduisons.

22. William Shakespeare, *Œuvres complètes*, traduction de François-Victor Hugo, Pagnerre, Paris, 1866.

23. Cité par Jorge Luis Borges dans *Histoire universelle de l'infamie – Histoire de l'éternité*, traduction

de Roger Caillois et Laure Bataillon, Christian Bourgois éditeur, Paris, 1985.

24. L'Arioste, *Roland furieux*, tome 1, traduction de Francisque Reynard, Folio classique, Gallimard, Paris, 2003.

25. Térence, *L'Eunuque*, traduction de Michel Carré, Paulier, Paris, 1845, représentée pour la première fois sur le théâtre royal de l'Odéon le 19 avril 1845.

26. Nous traduisons.

27. Adelbert von Chamisso, *L'Étrange Histoire de Peter Schlemihl*, traduction d'Albert Lortholary, Folio bilingue, Gallimard, 1992.

28. Nous traduisons.

29. Nous traduisons.

DU MÊME AUTEUR

DERNIÈRES NOUVELLES D'UNE TERRE ABANDONNÉE, Seuil, 1993 ; Babel n° 355.

DICTIONNAIRE DES LIEUX IMAGINAIRES (en collaboration avec Gianni Guadalupi), Actes Sud, 1998 ; Babel n° 471.

UNE HISTOIRE DE LA LECTURE, Actes Sud, 1998 (prix Médicis essai) ; Babel n° 416.

DANS LA FORÊT DU MIROIR. ESSAI SUR LES MOTS ET LE MONDE, Actes Sud, 2000 ; Babel n° 610.

LE LIVRE D'IMAGES, Actes Sud, 2001 ; Babel n° 976.

STEVENSON SOUS LES PALMIERS, Actes Sud, 2001 ; Babel n° 682.

CHEZ BORGES, Actes Sud, 2003 ; Babel n° 683.

JOURNAL D'UN LECTEUR, Actes Sud, 2004 ; Babel n° 746.

KIPLING, UNE BRÈVE BIOGRAPHIE, Actes Sud, 2004.

PINOCCHIO ET ROBINSON : POUR UNE ÉTHIQUE DE LA LECTURE, L'Escampette, 2005.

UN AMANT TRÈS VÉTILLEUX, Actes Sud, 2005 ; Xavier Barral, 2015 (avec des photographies de Marc Deneyer).

UN RETOUR, Actes Sud, 2005.

AU PAYS DES JOUETS (avec des photographies de Michel Pintado), Xavier Barral / musée des Arts décoratifs, 2006.

LA BIBLIOTHÈQUE, LA NUIT, Actes Sud, 2006 ; Babel n° 937.

LE LIVRE DES ÉLOGES, L'Escampette, 2007.

L'ILIADE ET L'ODYSSÉE, Bayard, 2008.

LA FIANCÉE DE FRANKENSTEIN, L'Escampette, 2008.

ÇA ET 25 CENTIMES : CONVERSATIONS AVEC UN AMI, L'Escampette, 2009.

LA CITÉ DES MOTS, Actes Sud, 2009 ; Babel n° 1580.

TOUS LES HOMMES SONT MENTEURS, Actes Sud, 2009 ; Babel n° 1087.

NOUVEL ÉLOGE DE LA FOLIE, Actes Sud, 2011.

LE VOYAGEUR ET LA TOUR. LE LECTEUR COMME MÉTAPHORE, Actes Sud, 2013.

M. BOVARY & AUTRES PERSONNAGES, L'Escampette, 2013.
L'APOCALYPSE SELON DÜRER, Invenit, 2015.
DE LA CURIOSITÉ, Actes Sud, 2015 ; Babel n° 1677.
JE REMBALLE MA BIBLIOTHÈQUE, Actes Sud, 2018.
MONSTRES FABULEUX, Actes Sud, 2020 ; Babel n° 1907.

OUVRAGE RÉALISÉ
PAR L'ATELIER GRAPHIQUE ACTES SUD
REPRODUIT ET ACHEVÉ D'IMPRIMER
EN SEPTEMBRE 2025
PAR NORMANDIE ROTO IMPRESSION S.A.S.
À LONRAI
POUR LE COMPTE DES ÉDITIONS
ACTES SUD
LE MÉJAN
PLACE NINA-BERBEROVA
13200 ARLES
contact@actes-sud.fr

DÉPÔT LÉGAL
1re ÉDITION : NOVEMBRE 2025
N° impr. : 2503739
(Imprimé en France)